愚か者の恋

真・霊感探偵倶楽部

新田一実

white heart

講談社X文庫

目次

物紹介

●大道寺竜憲《だいどうじりょうけん》

霊能界《れいのうかい》の第一人者・大道寺忠利《ただのり》の一人息子《むすこ》。自《みずか》らも破魔《はま》の力を持ち、父亡きあと大道寺家の後継者となる。封印を解《と》かれた古代の姫神《ひめがみ》・戔須良姫《さすらひめ》の霊が身体《からだ》に入りこんでいるため、怪我《けが》を癒《い》やす不思議《ふしぎ》の術を駆《く》使《し》できるが、反面、異性に対する欲望が全くなくなっている。すべてを超越した美貌と育ちのよいおっとりとした人柄が、依頼人を安心させることに一役かっている。

●姉崎大輔《あねざきだいすけ》

竜憲の高校時代からの友人で、大学卒業後は竜憲の秘書役を務めている。霊や魔物を無意識のうちに退治する能力があり、竜憲の〝護符《ごふ》〟的役割をも担《にな》っている。また、姫神の恋人である古代の男神《おがみ》・素戔嗚《すさのお》の霊を宿しているため、竜憲の危機には戦士と化して降魔《ごうま》の剣《つるぎ》をふるう。男神の影響か、竜憲への保護欲は人一倍。竜憲に危険を及ぼすものは、容赦なく排除する傾向にある。

登場人

●嘉神《かがみ》伝世《つたや》

蠱《こ》を使役する蠱物《まじもの》師《し》。軽薄そうな容姿をしているが、その実力は鴻《おおとり》さえも認めるほど。自分の依頼人を安全確保のため竜憲の元へ寄越《よこ》し、調査をはじめるが⁉

●倉本《くらもと》真矢《まや》

嘉神の依頼人である若いOL。変な霊《れい》に取り憑《つ》かれたせいで、友人や恋人など身の周りの人々が次々不幸な目に合うと言い募り、竜憲の元を訪ねてくるが⁉

●鴻《おおとり》 恵二《けいじ》

亡き大道寺忠利の一番弟子。その身に古代の神・現国魂《うつしくにたま》の化身を宿す。最年長の内弟子・溝口《みぞぐち》とともに大道寺を切り盛りする傍《かたわ》ら、竜憲たちの相談役も担《にな》う。

●大道寺《だいどうじ》真紀子《まきこ》

竜憲の母。いかなる霊もその存在に気づくことさえできない結界《けっかい》を持つ大道寺家の〝護符〟。完璧な家事能力の持ち主で、料理素材に残った念をも綺麗に浄化する。

イラストレーション／笠井《かさい》あゆみ

愚《おろ》か者《もの》の恋《こい》

真・霊感探偵倶楽部

序章

見事な大房の藤の花がゆらゆらと揺れている。

楚々《そそ》とした大和撫子《やまとなでしこ》が枝を肩に掛ければ、藤娘というところだろうが、規格外れの大男が背負っているのでは、興醒《きょうざ》めだろう。

もちろん、大輔《だいすけ》も受けを狙って藤を担いでいる訳ではない。藤の花が見事に咲いたので差し上げたいという電話があり、真紀子《まきこ》に代わって大輔が受け取りに行ったのだ。

車で動くほどの距離ではないと思ったのだが、これほど目立つ花だと知っていれば、歩くなどという無謀な行動には出なかった。近所の家の庭に、一メートル近い大房の藤が咲いているとは考えもしなかったのである。

ただ、これで約束の花が咲いたので取りに来てくれという、少しばかり図々《ずうずう》しい電話の理由は判った。

小柄な老女に、一メートル近い藤の花は扱えないだろう。

実際、大輔は訪《たず》ねた家で花鋏《はなばさみ》を渡されて、老女の指示に従って花のついた枝を切り落としたのだ。脚立《きゃたつ》が要らなくてちょうどよかったなどと言われても、誉められたのか貶《けな》されたのかよく判らなかったが。

「……まぁ、確かに綺麗《きれい》だが……」

あまり人目のない大道寺《だいどうじ》の屋敷へ続く道に踏み込んだところで、改めて、藤の花を眺《なが》める。

普通の家だと扱いに困るサイズだろう。

大道寺なら巨大な壺《つぼ》もあるし、それを飾れる床の間も玄関もあった。

だらだらと続く長い坂を登った大輔は、大時代な門扉《もんぴ》を潜《くぐ》って、前庭に入る。

と、そこに小柄な老女の姿を見つけて大輔は目を瞠《みは》った。

「……あ、と。……何か忘れ物でも……」

言いかけて、藤の持ち主でないことに気づく。

同じような若草色の和服のせいで、一瞬勘違いしてしまったが、顔は全く違っていた。

「何か御用でしょうか」

黒いものが交じった、と表現したほうがいいような白い頭が、深々と下げられる。

「誰に御用ですか？」

思わず、幼児に対するようにしゃがんでしまうような身長差だ。

おそらく、五十センチ近く違うだろう。

ついさっき、脚立《きゃたつ》に乗っているようだと憎まれ口を叩《たた》かれたばかりだからか。そっくり返るようにして顔を上げる老女が、気の毒になってしまう。

「大道寺に御用ですか？　何か相談があるんですか？」

心持ち声を大きくする。

にこにこと、人のよさそうな笑みを浮かべる老女は、大輔を見上げていた。

孫を見る祖母の目のようだ。

ずいぶんと昔に亡くなった祖母は、年に一、二回会うだけだったが、妙にはっきりとその顔を思い出す。祖母はかなり大柄だったが、大輔を頼もしそうに見てくれたものだ。

「ご相談でしたら、事務所にご案内しますが……」

ひょっとすると、道に迷っているのだろうか。徘徊《はいかい》老人の中には、身形《みなり》や表情からでは判断できない者もいると聞いたことがある。もしそうなら、警察に問い合わせたほうがいいかもしれない。

とにかく、事務所に案内しよう。

そう思い決めた大輔は、笑みを浮かべた。

「どうぞ、いらしてください。……お茶でも……」

と、大輔の言葉など聞こえていないかのように、老女は深々と頭を下げた。

「あの……」

小さい身体《からだ》が、ますます小さくなる。

「お婆《ばあ》さん？」

そう呼ばれることを嫌《きら》う老人が多いのは知っていたが、どう呼びかければいいのか、見当もつかない。

「あの……」

一度、頭を上げた老女は、再び頭を下げた。

小さい身体《からだ》は、間違いなく縮んでいた。

今はもう、一メートルもないだろう。その身体が、どんどん小さくなって、やがて庭の砂利《じゃり》に紛《まぎ》れてしまう。

「……まさか……」

疑う余地はない。あの老人は、生身の人間ではなかったということだ。しかも、何かを頼まれたような気がする。

「……何を言いたいんだ?」

依頼内容も聞かされずに、よろしくお願いしますと言われてしまった気分だった。

「参ったな……」

もちろん、大輔には依頼を引き受けた気はない。しかし、まず間違いなく、幽霊《ゆうれい》のほうは頼んだつもりになっているだろう。

溜《た》め息《いき》を吐《つ》いた大輔は、藤を背負ったまま、母屋《おもや》の玄関に向かった。

第一章　謎の依頼人

1

枝を切ると同時に、切り口を濡《ぬ》らしたティッシュで巻いて、さらにビニールに包んだ藤の花は、どうにか無事に大道寺《だいどうじ》家まで辿《たど》り着いた。玄関に活《い》けられると、鬱陶《うっとう》しいほどの存在感がある。

いや、それはあまりにも無残な感想だ。

根元部分が満開になって、先端は堅い蕾《つぼみ》の藤は、それはそれは美しい。だが、あまりにも迫力がありすぎる。

この家くらいの広い玄関でなければ、とても活けられそうになかった。花の枝の重さに安定よく釣り合うだけのかなり大きな壺《つぼ》に、少しも負けていないところが、なお凄《すご》い。

「うっわー。凄いねぇ……。いいの？　藤、切ったりして……」

わざわざ玄関まで見物に来た竜憲《りょうけん》が、感嘆の声をあげた。

「いいんだってさ……。そのために余分に伸ばしたとか言ってたし……」

「そっかぁ。母さんも、知り合い多いよなぁ」

「ちゃんと近所付き合いしてるみたいだな。桜餅《さくらもち》のお礼言ってたぞ」

霊能者《れいのうしゃ》などという、ちょっと変わった家業だが、三婦同士の交流に支障はないようだ。真紀子《まきこ》の人徳なのかもしれない。少なくとも、フルタイムの看護婦よりはずっと近所付き合いが上手《うま》くいっているようだった。

「……桜餅でこの藤かぁ。海老《えび》で鯛《たい》釣ってない？」

くすくす笑う竜憲は、ひどく嬉《うれ》しげに藤を眺《なが》めていた。

そういえば、竜憲は木の声を聞くことができた。こうしてせっかく開いた花を切り取られることを、どう感じているのだろう。

少なくとも、恨《うら》みつらみは言っていないようだったが。

それとも真紀子の手を経たことで、花自身の思いは消えてしまっているのかもしれない。ある意味で、どんな霊能者より強い力を持った真紀子は、物に残った思いを消し去るという、特殊能力の持ち主だった。

「……あの……」

遠慮がちな声とともに、玄関の塡《は》め込《こ》みガラスの向こうに人影が立つ。

「……あの……。大道寺さんのお宅でしょうか」

「はい。そうですが。……ご相談でしたら、道場のほうへ……。ご案内します」

玄関の扉《とびら》を引き開けた大輔《だいすけ》は、顔に愛想《あいそ》笑いを貼《は》り付《つ》けて、そっけない声を出した。

大時代な門を潜《くぐ》ると、道場のほうが先に目に入るはずだが、わざわざ庭を突破して母屋《おもや》に紛《まぎ》れ込《こ》む人間もいた。

中には事情が判っていて、あわよくば若先生に直接相談できると思って、突進してくる人間もいたが、おそらく、この二十前後の娘は間違えただけだろう。

「あの……。そうじゃなくて。若先生に……。竜憲さんに相談しろって……。母屋のほうに直接行ったほうがいいって……。え、と……」

敬語も使えない女だが、化粧は上手《うま》い。

妙なところを観察しながらも、決まりきった返答をきっぱりと告げる。

「困ります」

「そうじゃなくて！　そうじゃなくて……。嘉神《かがみ》さんに言われて。こっちに……。えと。大道寺竜憲て人に相談しろって……」

「大輔……」

こんな場面では、決して口出しはしてこないはずの竜憲だったが、嘉神という名が出てしまっては、口を噤《つぐ》んでいるわけもない。

「事務所にお通しして……。ちょっと嘉神さんに事情を聞いてみるから……」

「……はい」

一応、秘書ということになっているのだから、客の前では大人《おとな》しくしているしかない。

表情を消した大輔は、女を案内して、事務所に向かった。

「どうぞお座りください」

警戒心も顕《あらわ》に、ソファーに浅く腰を下ろした女は、大輔を睨《にら》みつけていた。

その視線が、霊現象を警戒しているものには見えない。どちらかというと、大輔を警戒しているようだ。

過去に厭《いや》なことでもあったのか、あるいは〝男はみんな狼《おおかみ》だ〟という教育が行き届いているのかもしれないが、依頼人に警戒されるほうは気分がいいわけがない。

それほど持てないように見えるのか、と言いたくなる。女に不自由した覚えがないだけに、女の視線は自意識過剰としか思えなかった。

そもそも、相当に鈍い人間でも判るように露骨《ろこつ》に警戒されて、気分のよい人間などいるはずもない。過剰な警戒心は状況を悪いほうに導きかねないものなのだが、そんなことには思い至らないようだった。

「コーヒーでよろしいですか？」

それでも、客として扱ってやるのが、大輔のギリギリの理性だ。

ハイでもイイエでもなく、ぎこちなく頷《うなず》いた娘に背を向けて、コーヒーメーカーをセットする。顔を合わせる時間は、短ければ短いほどいい。猛獣の檻《おり》にでもいるかのように緊張されていると、ますます娘に対する心証が悪くなるばかりだ。

嘉神も何故《なぜ》こんな人間を紹介してきたのだろう。嫌《いや》がらせを受ける謂《いわ》れはなかった。どちらかというと、持て余して押しつけてきたと言うほうが、正解に違いない。

さすがに穿《うが》ちすぎだろうか。

女嫌《ぎら》いになった覚えはないが、こういう感じの女は、どうも苦手だ。いや、苦手になってしまった。

女の相手をする代わりに、コーヒーメーカーをじっと見守り続ける。

本当ならば、竜憲が帰ってくる前に、少しでも事情を聞き出しておくべきだろうに、どうも気が進まない。何より、自分が相手では、ろくな答えを聞き出せないだろう。

密かに言い訳しながら、助けが来るのを待つばかりだ。実際、大輔自身に立場を置き換えてみても、警戒する相手に正直に相談する気にはなれないと思う。

そういう意味でも、竜憲の外見は有利だった。

霊に怯《おび》え、さらに女だというだけで、男を警戒しなければならない者にとっては、男でも腰が引ける大輔の容姿というのは、決して嬉《うれ》しいものではないに違いない。竜憲の容姿も、ある意味で人間離れしていて近寄りがたく見える人間もいるらしいが、たいていの相談者にとっては安心感を与えるものになるようだ。

特にこういう女には、効力を発揮するだろう。

「……どうぞ……」

コーヒーカップを目の前に置いてやる。

軽く会釈《えしゃく》したものの、女はカップに手を出しもしなかった。

最近見聞きする警戒心が欠如した女には呆《あき》れるしかないが、何も口にしないと、強固に主張されるのも、妙に腹立たしかった。

最近になって、ようやく入れたソファーセットが、こんなに有用な物だと実感したのは初めてだ。対峙《たいじ》する人間との間に、センターテーブルがあるというのがありがたい。

単に事務所らしく体裁《ていさい》を整えるためと考えていたが、決して親しいとは言えない人間と話すためには、必要な小道具なのだと思い当たる。

「嘉神さんとはどういうお知り合いですか」

「え……と。はい。……あの……。知り合いに紹介されて……」

あの男のほうがよっぽど怪しい。世間一般の評価は知らないが、少なくとも大輔はそう信じている。嘉神を霊能者《れいのうしゃ》として認めて、相談できる女が、大輔を無闇《むやみ》に恐れるという事実は、許しがたいものがあった。

だからといって、話のきっかけにはできない。

重苦しい空気を無視して、立ったままカップを口に運ぶ大輔は、そのまま事務机に移動した。

留守録をチェックして、ついでにファックスのトレイを見る。

昼前に処理したばかりだから、メッセージがあるわけもないのだが、時間潰《つぶ》しがないことが、妙に腹立たしかった。

「……失礼」

と、軽いノックの音がして、竜憲が姿を見せた。

正直言って、ありがたい。

見ているだけで肩が凝りそうなほど緊張している女と一緒にいると、大輔のほうまで気が重くなる。

竜憲の出現に安堵《あんど》したのか、単に人が一人増えたからなのか、女は目に見えて全身の緊張を解《と》いた。

「お待たせして……嘉神さんに事情を伺《うかが》いました」

やっと話の判る人間が出てきたと言わんばかりの変容ぶりで、女は竜憲をすがるような目で見上げる。

竜憲に場所を譲り、事務机のほうに自分の席を定めた大輔は、新聞記事の整理を始めた。スクラップした記事が、本当に必要になったことなど滅多《めった》にないが、すでに習慣になっていたし、何より、こういう時に邪魔《じゃま》をせず何げなく会話を聞くには向いている。

仕事をしている人間が聞き耳を立てていると警戒することは、あまりないものだ。

もちろん、実際は注意力のほとんどは竜憲と女のほうに向けていた。

「……申し遅れました。大道寺竜憲です」

ゆっくりと頭を下げる竜憲に、女は頰《ほお》まで染めていた。

なるほど、怯《おび》えている女には、この顔は最高の精神安定剤だろう。

限度を超した美貌《びぼう》というものは、絶対的な力を感じさせるものらしい。霊能者《れいのうしゃ》を詐欺師《さぎし》と同義語だと言い切る人間でも、竜憲の前では黙りこむこともそう珍《めずら》しくはなかった。この国の人間は、美しいことと善を類義的に見がちなのだ。

「倉本《くらもと》真矢《まや》です」

そういえば、大輔自身は名乗りもしなかった。

今さらのようにそれに気づいた大輔は、新聞に鋏《はさみ》を入れながら、内心で苦笑していた。

警戒されても仕方がないかもしれない。それでなくても警戒されやすい体格と面《つら》つきなのに、挨拶《あいさつ》もしないのでは嫌《きら》われても仕方がないだろう。もしかすると、彼女以上に、大輔自身のほうが警戒心剝《む》き出《だ》しだったのかもしれない。

社会人として、当たり前の対応をした竜憲のほうは、苦もなく女の信頼を勝ちえたようだった。

「……取《と》り憑《つ》かれている、とおっしゃったそうですが」

「はい……」

「ご自分で、そう感じたのですか？　それとも誰かに教えられたんですか？」

「だって……。だって、みんな死んじゃうんです！　友達も、カレシも……。あたしの傍《そば》にいると死ぬって……」

聞いたような話だ。

つい先日、ロックミュージシャンの周囲で、次々と女が死ぬという事件があった。結局、護符《ごふ》だと信じていた翡翠《ひすい》が、妙な力を持っていたのが原因だった。

だが、それも彼が人々に熱狂を捧げられるカリスマだからこそ、意味があったのだ。倉本真矢は、どう見ても、人々の熱狂の対象になるような女ではなかった。本人は世界中の男が自分を狙《ねら》っていると思っているかもしれないが。

「誰かに言われたのですか？」

竜憲の問いに、女の声が荒くなる。

「そうじゃないって！」

「では、ご覧になったのですか？」

どうやら、嘉神は厄介払《やっかいばら》いをしたらしい。

うんざりした大輔は、ファイルケースを取り出して、新聞の切り抜きの整理を始めた。

被害妄想の、自意識過剰女など、相手にするだけ馬鹿馬鹿しい。適当に話を聞いて、追い返すしかないだろう。

それでも一応二人のやりとりを聞きながら、新聞のページを繰る。

と、鮮《あざ》やかな藤の花が写っていた。

季節感を表す、恒例の写真だが、なぜか思い出したのは、小柄な老女のことだった。

大輔に向かって、深々と頭を下げて、何事か頼み込んだ老人。

「……まさか、この女を助けろとか言うんじゃないだろうな……」

口中で呟《つぶや》く。

考えたくはない。

考えたくはないが、おそらくそれが当たりだろう。

少なくとも、大輔の勘はそう告げている。

こんな娘のことを臆面《おくめん》もなく人様にお願いできる者となれば、やはり身内の人間と思ったほうがいいだろう。そうでなければ、関わるはずもない。

とはいえ、思い返しても、あの老女の印象と、この娘との間には、何の類似性も認められなかった。そもそも、老女の容姿を具体的に述べよと詰め寄られればお手上げなのだ。

白髪《しらが》頭が印象に残っているだけで、実は顔は若かったと言われれば、そんなものかもしれないと思う。

観察力が衰えているのか、本来、幽霊《ゆうれい》には明確な容姿などないものなのか、どちらもありそうで、大輔は密かに溜《た》め息《いき》を吐《つ》くしかなかった。

が、ただの被害妄想とは言い切れないとなると、溜《た》め息《いき》ではすまないのも確かである。とりあえず、本人の話を聞くだけ聞いて、後は嘉神とじっくり話し合う必要がありそうだ。

もちろん、竜憲が何も見えないとしての話だが。

竜憲の答えが出るまでは、じっと耳を欹《そばだ》てているしかないらしい。

手だけは動かしながら、大輔は新聞の記事などほとんど読んではいなかった。

2

「……で？」

私は不機嫌《ふきげん》だ、という看板を掲げて、大輔《だいすけ》がソファーでそっくり返っている。

「嘉神《かがみ》になんて言われたんだ？　また厄介《やっかい》なものを押しつけられたんじゃないだろうな」

看板だけではなく、言葉のほうもこれ以上なく皮肉が込められていた。

「大丈夫《だいじょうぶ》だよ。倉本《くらもと》さんを守ってほしいって言われただけだし。原因のほうは嘉神さんが調べるらしいよ」

「本当か？　一番厄介なのが、あの女なんじゃないのか？」

よほど気に入らなかったらしい。

もともと、女の好みには煩《うるさ》くて、そのうえかなりのハイアベレージヒッターだったことは竜憲《りょうけん》も知っている。

だが、仕事の依頼人の好みを云々《うんぬん》するのは、間違いだ。

諭《さと》したところで、そんなことはしていないと反論されるだけだろうが。

「……大輔？　何がそんなに気に入らないのさ」

「自分の周りで人が死ぬとか、自分のせいで人が死ぬなんていうのは、単なる自意識過剰じゃないのか？」

　もっともらしい疑問を返されて、竜憲は苦笑した。

「だとしたら、嘉神さんが紹介したりしないだろ？」

　むすりと口を引き結んだ大輔が、カップに手を伸ばす。

　すっかり冷めてしまったコーヒーを、文句も言わずに飲み干した大輔は、胡乱《うろん》な目を竜憲に向けた。

「……で、彼女に憑《つ》いてるモノは見えたのか？」

「うん。一応。……けど、そんなにたちの悪いモノだとは思わなかったけどね……」

　感じたまま、見たままを正直に告げると、大輔が訝《いぶか》しげに眉《まゆ》を顰《ひそ》める。

「──もしかして、婆《ばあ》さんか？」

「え？」

　思わず声をあげた竜憲を、大輔は窺《うかが》うように見詰めている。

「確かにお婆さんもいたけど。……もしかして、見たの？」

　問い返した途端《とたん》に、露骨《ろこつ》な溜《た》め息《いき》がまず返ってきた。

　そして、溜め息に続いたのは、妙に歯切れの悪い言葉。

「そうだよ。玄関先で深々と頭を下げられた。……やっぱり、あの依頼人をよろしくってことじゃないのかな……なんて思ったわけだ」

らしからぬ言葉に、竜憲は眉《まゆ》を顰《ひそ》めた。

大輔は、滅多《めった》なことでは、幽霊《ゆうれい》の存在を認めたりしない。依頼人の話も、どんな霊なのかを考える前に、本人の精神状態を疑うような男だ。自分の目で見たものはあっさりと信じるくせに、人の口で語られる事象はまず疑ってかかる。

その彼が、ひどく言いづらそうに、奇妙な出会いを告白していた。

「よく覚えてないんだ。実際に見たのかどうかも自信がない……」

「けど、そう感じたんだよね」

「……まあな……」

渋々《しぶしぶ》という調子で頷《うなず》いた大輔は、これ見よがしの溜《た》め息《いき》を吐《つ》いた。

「どうせならお前に頼めばいいのにな。俺じゃ、声も聞こえない」

「どうだろうな。姿は見えたんだろ？　だったら、聞こえなかったんじゃなくて、何も言ってなかったのかもしれない」

「それも判らないんだからな。……全く。見えるようになったらなったで、余計に始末が悪い」

憮然《ぶぜん》と宣《のたま》う大輔は、自分の能力を信用できないようだった。

周囲に特殊な能力の持ち主が揃《そろ》っているせいで、自信が持てないのかもしれない。

人によって視力に差があるように、霊《れい》を見る力にも違いがある。

そして、どれほど視力がよくても、目の前のものに気づかないことがあるように、何に注目するかという違いもあった。

存在するというだけで、どんな霊でも悪霊と決めつけて、見極めようとしない人間もいるのだから、大輔の態度はある意味公正なものかもしれない。

それまで霊など全く見えなかった人間が、急に霊能力を持った場合、見えたもの全てに意味があると思い込むのは、よくあることだった。

だが大輔は、ほとんどの霊を黙殺している。そして、彼に向かって働きかけたものだけを、意識に留めているようだった。

「……あの女に取《と》り憑《つ》いているってものは、全然見えなかったしな……」

「そういう意味で取り憑いてるものなんかいないよ。普通の、ちょっとした霊を連れてはいたけど……」

余計に疑わしげな表情になった大輔は、ソファーから腰をあげると、コーヒーメーカーに歩み寄った。

「飲むか？」

返事も待たずに、コーヒーの缶を開ける。

フィルターと挽《ひ》き豆《まめ》をセットして、ペットボトルの水を注ぎ入れた。

「で？　あの女を守るってのは？　まさか二十四時間張りついて、ボディーガードをするってわけじゃないだろう」

手を動かすことで現実に立ち返ったのか、大輔が妙に具体的な話を俎上《そじょう》に載せる。

「もちろん、違うよ。何かあったらいつでも相談に乗るってだけだよ……」

「じゃあ、単なる精神安定剤代わりなんじゃないか？」

「いつでも駆け込める場所があるっていうだけでも、ずいぶん違うしね。本当に身の危険を感じたらウチに来ればいいわけだし……」

もちろん、携帯電話のナンバーも教えてある。

本当に危ないのなら、二十四時間一緒にいるしかないのだが、今のところ、彼女自身に危害はないのだ。

ただ、酷《ひど》く怯《おび》えているだけで。

「俺には自意識過剰にしか見えなかったが……。実際、彼女には何も起こってないんだろう？　誰か、口の悪い奴が、妙な理屈をつけたんじゃないのか？」

妙な理屈は、大輔の言葉のほうだ。

「……お婆《ばあ》さんに頼まれたんじゃないの？」

「たちの悪い人間から守ってくれって言われたのかもしれないだろ？」

妙な理屈をこねまわす大輔を眺《なが》めて、竜憲は苦笑を浮かべた。

本人は気づいていないかもしれないが、こうして埒《らち》もないことを言い募るのは、ほとんどが若い女が依頼人の時だった。

それも、美人が相手の場合が多い。

大輔が好みだと言う女は、昔から霊障《れいしょう》に無縁のタイプが多かった。

学生時代は平気で、霊障と〝大道寺《だいどうじ》の息子〟をダシに女の子を引っかけていたくらいだから、信じていなかったと言うのが本当のところだろう。その点では、未だに少々懐疑的な部分もあるらしい。

だからこそ、相手が美人にも拘《かかわ》らず、機嫌《きげん》が悪くなるのだろうが。

「生身の人間から守ってほしいって言われたんだとしたら、余計に面倒なことになりそうだな」

法律は最低限のルールだと言われるだけあって、心情的には許せない蛮行でも、罰せられないことはよくある。それどころか、下手《へた》をすれば被害者のほうがより窮地に追い込まれることまであるのだ。

もっとも、竜憲にしてみれば、犯人が人間という想定は、頭の中になかった。

「とにかく、余計なことにまで首を突っ込むなよ」

まるで、竜憲の頭の中を見透かしたようである。

が、これ以上言っても無駄《むだ》だと思ったのか、大輔は事務机に向かうと、ファイルの整理を再開した。

実際、竜憲も計りかねているのだ。

倉本真矢《まや》の周囲には、彼女が怯《おび》えるほどのものが何も見えないのは事実だし、嘉神がおそらく真剣だろうことも竜憲にはよく判った。

起こったことが、全て偶然とは言わないが、どうも、ピンとこない。

同時に、嘉神の言葉が真剣だったことも、竜憲は自分の耳で聞いている。

何かしらあることは確かなのだが、そのあたりについては、嘉神もはっきりとは言わないのだ。

「うーん……困ったもんだな」

思わず呟《つぶや》いた竜憲を、大輔が訝《いぶか》しげに盗み見てくる。

けれども、敢《あ》えて口を開こうとはしなかった。

まあ、本気で喰《く》ってかかられても困る。

いつものように、何か引っかかることがあるのなら、絶対に譲らないところなのだが、そんなものはほとんどない。唯一の拠《よ》り所《どころ》が嘉神の頼みだからでは、竜憲としても辛《つら》いところだ。

しばらくは様子を見るしかないのだろう。

小さく溜《た》め息《いき》を吐《つ》いた竜憲は、意地になっているかのように机に齧《かじ》りついている大輔をちらりと眺《なが》めた。

3

目の前で、誰かが呻《うめ》き声《ごえ》をあげている。

悲鳴をあげたくても、喉《のど》でも塞《ふさ》がれているのか声にならないらしい。ただ、切迫した気配だけははっきりと判る。

だが、犠牲者の姿は見えなかった。

視界を塞いでいるのは、大きな背中。確かに人の形をなしていたが、それにしても大きすぎる。

それなのに、被害者の恐怖だけはひしひしと伝わってくるのだ。

早く助けなければ、とは思うのだが、どうしても近づくことができなかった。走っているはずの足も進んでいるのかいないのか、まるでコンベヤーの上を歩いているように、距離はいっこうに縮まらない。

あの背中に隠された向こうに、本当に犠牲者がいるのか。

ふと、そんな疑問が思い浮かぶ。

そう思ったとたんに、明確に耳に届いていたはずの呻《うめ》き声《ごえ》が、ひどく曖昧《あいまい》なものに変わってしまった。

目の前の出来事も、画面か何かを見ているように、妙に平面的なものに思えてくる。

だが、犠牲者の恐怖だけは本物だった。

――夢かもしれない――

そう納得すると同時に、目が見るものも呻き声も、総《すべ》てから現実味が失《う》せる。

代わりに静かな日常の物音が、耳に忍び入ってきた。多分、雨戸を開ける音だろう。

夢の結末を見たい。

しかし、そんなふうに思ったのは束《つか》の間《ま》だった。夢の中に落ちようとしても、先程まで感じていた臨場感は二度と戻ってこないのだ。

誰かが廊下《ろうか》を歩いている。あれは、母親ではないだろう。ならば、大輔《だいすけ》だ。

現実的な思考ばかりが、脳裏を占めて、微睡《まどろ》み続けることさえ難しくなってくる。

「ちぇっ」

無意識の舌打ちが自分の耳に届いて、竜憲《りょうけん》を覚醒《かくせい》させた。

「変な夢……」

現実に覚醒してしまうと、夢の不条理さは何故《なぜ》か際立ってくる。

見えたのは大きな背中だけ、聞こえたのは呻き声らしきもの。

夢とはいえ、どうして、あんなに現実味のない出来事に、真剣に対応しようと思うのだろう。
　たったそれだけの事柄から、化け物じみた大男に襲われている人間、というエピソード
を作り出してしまうのが不思議だ。
　しかし、脳世界の不思議さ以上に、恐ろしく現実的に訴えかけてきた恐怖感を、目覚め
た今でも引《ひ》き摺《ず》っていることが奇妙である。
　夢に心理的原因を求めようとする人間がいるのが、なんとなく理解できた。人に話した
くなるのも判る。
　おそらく、何故《なぜ》そんな夢を見るのか知りたいのだ。
　竜憲自身も、のろのろとベッドから抜け出しながら、夢の原因を考えていた。
「やっぱり、昨日の話のせいかな……」
　目の前に立ち塞《ふさ》がった大きな背中の主は、存外、大輔かもしれない。あくまでも、嘉神《かがみ》
の依頼の遂行を邪魔《じゃま》する存在、という意味でだが。
　自分の思い付きに苦笑した竜憲は、ゆっくりと伸びをすると、等閑《なおざり》にベッドを整えた。
　いっそ何か起こってくれればいいのに。
　少しばかり物騒なことを考えてもみるが、そもそもが、何が起こるのかもよく判らない
のだ。

やはり、早いうちに嘉神とは一度きっちりと話しておくべきだろう。電話だけでは、はっきりしないことが多すぎる。

さっさと、そうしなかったことが、妙な夢の原因かもしれない。

嘉神は自分が始末をつけると言っていたが、何か手伝えることもあるはずだ。

そう思い決めると、竜憲は電話に手を伸ばした。

「あれ……何時だ？」

時計を確かめた竜憲は、通話ボタンを押すのをやめた。

六時二五分。

切迫した事情があるならともかく、他人に電話をする時間ではないだろう。それこそ、異常事態かと心配させることになる。

「……しょうがないな……」

ベッドから抜け出した竜憲は、パジャマのまま廊下《ろうか》に出た。

「な……」

短く鳴いて、猫《ねこ》が脚に擦《す》り寄ってきた。

「うわっ冷たい。……お前、朝っぱらから散歩してきたのか？」

しっとりと冷たく湿《しめ》っている毛皮がなついてくる。

「やめてって……。エッちゃん。冷たいだろ」

放っておくと、いつまでも脚の間で8の字を描いていそうな猫《ねこ》を抱き上げる。

「どうしたんだ？　何か見つけた？」

普段ならば、わざわざ人間を誘って庭を散策するくせに、今日は一人で見回りをしていたらしい。

だが、別段怪しいものを見つけたというわけではなさそうだった。

縦に抱き上げられたまま、竜憲の肩に顎《あご》を載せて、盛大に喉《のど》を鳴らしている。

「煩《うるさ》いよ」

猫にしてみれば、サービスのつもりに違いない。抱き上げたまま歩いているのだから安定しているはずがないのに、満足げな喉声を出し続けている。

「……全く。寒いんだったら、出てかなきゃいいんだよ」

猫を撫《な》でながらバスルームに向かう。

と、ドアに手をかけたとたん、越後屋《えちごや》は肩によじ登って、一気に飛び降りた。

そのまま、どたどたと派手な音を立てて廊下《ろうか》を走る。

「洗いやしないのに……」

雑霊《ざつれい》を食べてしまうような、化け物じみた猫だが、風呂嫌《ふろぎら》いというところだけは、普通の猫になった。

苦笑とともに猫を見送った竜憲は、改めてドアを開けた。

脱衣場と洗面所を兼ねた広めのスペースに足を踏み込んだとたん、竜憲は、目を瞠《みは》った。

「……凄《すご》いな……」

洗面台の前の鏡に、血が伝っている。

ライトの付いた鏡と、その下の小さな小物用のトレイ。そして洗面ボウル。

壁には血痕《けっこん》の一滴《いってき》さえ付いていないのに、鏡の途中から湧《わ》き出した血は、滝のように滴《したた》っていた。

「おい、リョウ……」

ノックもせずに、ドアを開けた大輔は、腕に猫を抱いていた。

どうやら、半分化け物のような猫は、大輔を呼びに行っていたらしい。

縞猫《しまねこ》を床《ゆか》に降ろすと、鏡を訝《いぶか》しげに眺《なが》める。

「なんだ、これ?」

先程まで流れ出す勢いだったものが、滲《にじ》み出る程度に変わっていた。それでも、異常なことには変わりはない。

「悲鳴とか、あげたほうがいいのかな……」

「これでか?」

ひょいと眉《まゆ》を上げた大輔は、いかにもつまらなさそうに鏡を撫《な》でて、指先の臭《にお》いを嗅《か》いだ。

「こういうのでビビらなくなったっていうのが、何か悲しいな」

妙なことを口走った大輔は、蛇口《じゃぐち》をひねって水を出した。

「寒くない？　お湯にしたら……」

「ホンモノの血だよ。湯を使ったら、余計に落ちなくなるだろう」

ティッシュでざっと拭《ふ》いてから、本格的に掃除を始める。

「変なとこで忠実だよな……あんた」

「おふくろさんをびっくりさせたくないだろ？」

竜憲は小さく首を竦《すく》めた。

「さぁ、驚かないいんじゃない？　第一、おふくろが来たら消えちゃうかも……」

自分でも無責任なことを言っていると思いながらも、正直そうなりそうな気がするのだから仕方がない。

「それ……ありそうだけど……本当になったら、それはそれで嫌《いや》だな」

憮然《ぶぜん》と応じた大輔は、ボウルを流し終わると、鏡を睨《にら》みつける。

「あれ？」

鏡面を汚していた血が、まるでフィルムの逆回しのように小さくなっていく。

「あんたが睨んだから？」

「そんなことないだろ」

「そうかなぁ……」

竜憲の呟《つぶや》きなど無視して、大輔が真顔で訊《き》いてくる。

「――原因はなんなんだ？」

そこまで信用してもらっても困る。物心ついた頃から霊が見えていた竜憲だが、もちろん総《すべ》てが判るわけではないのだ。

だが、面倒な相手だと思った大輔は、竜憲が真実を隠すものだと、信じ込んでいた。

「知らないよ。……判れば苦労はないんだけどね」

「それはそうだ」

「……そういえば、変な夢見たよ」

「夢？」

「誰かが殺されている夢……」

「物騒だな」

あっさりと返してきたわりには、大輔の表情は真剣だ。

「うん……そうなんだけどね」

「昨日の話と関係あるのか」

「ていうか……あんまりわけ判んないからじゃない。……この血も、俺がやったかも

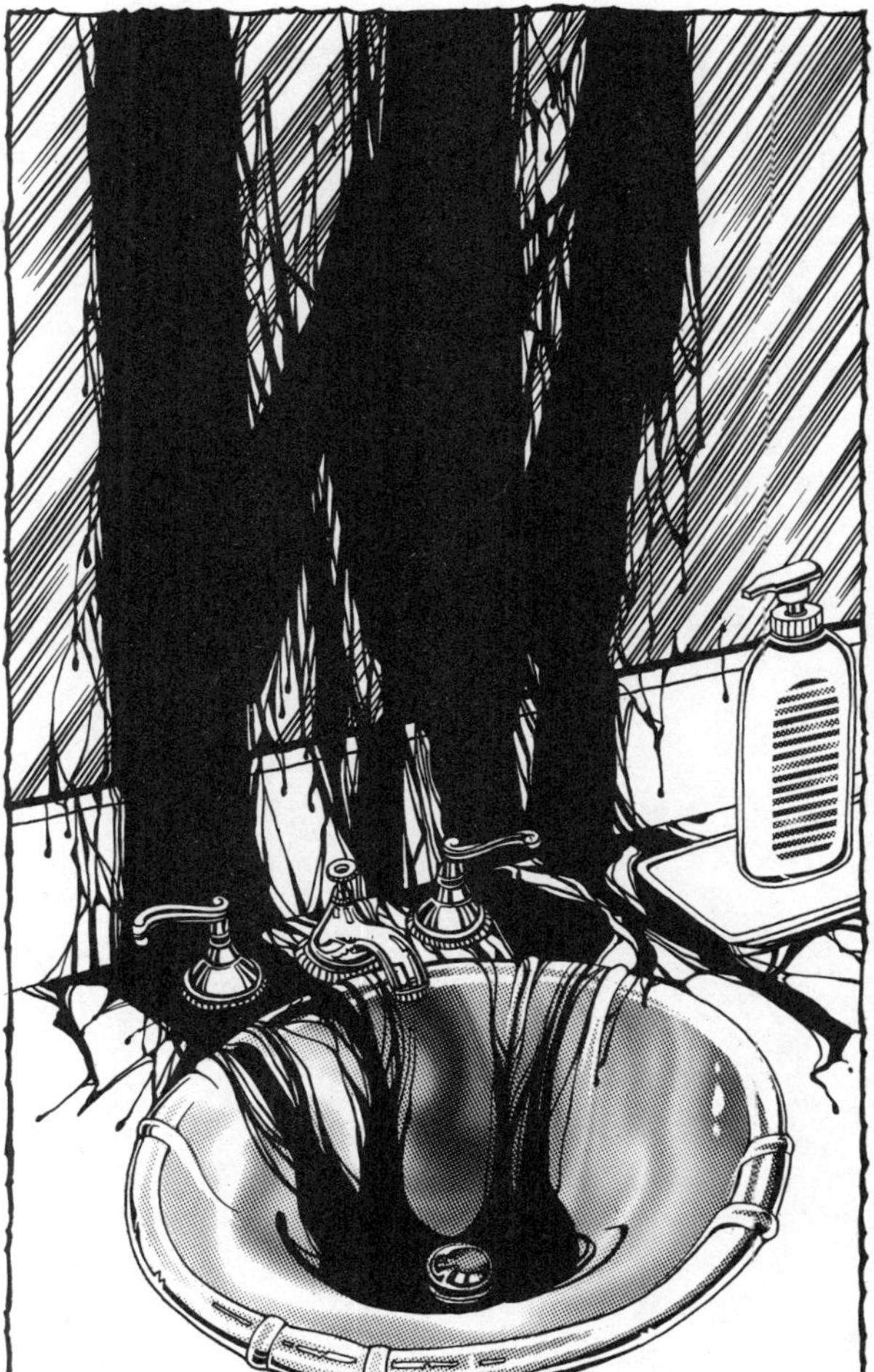

「……」

「はい？」

訝《いぶか》しげと言うよりは、すでに理解できないと言う顔で、大輔が覗《のぞ》き込んでくる。

「いや。そんな気がしただけ。無意識のうちに……さ」

「無意識？　無意識のうちに警告しなきゃならないほど、面倒な話なのか？」

「違うよ」

苦笑した竜憲は、鏡に目をやった。

「……ただ見ているだけっていう夢を見ちゃったからさ……。倉本《くらもと》さんを守ってほしいって言われたのに、結局は話を聞くだけだったし……」

「なるほど、それが引っかかっているから、こんな派手なアピールをしたって？」

「可能性だよ、可能性」

無駄話《むだばなし》をしている間にも、鏡の血は跡形もなく消え去った。

「……一応、ウチに来たほうがいいとは言ったんだけどね」

「それは聞いてた」

むすりと応じる大輔は、今は何もできないということを、理解しているようだった。

倉本も、自分に直接被害がないと、仕事を投げ出してまで、霊能者《れいのうしゃ》の家に泊まりこむ気にはならないだろう。

だからといって、非難するわけにもいかないし、強要するわけにもいかない。社会生活を放棄するには、相当の決断が必要なはずだ。

霊障《れいしょう》で悩む人の中には、周囲を説得する苦労まで加わって、霊能者《れいのうしゃ》に相談する頃には、医者に相談するしかないような状態になっているということも珍《めずら》しくはなかった。

都合が悪いことを霊のせいにする人も、行き過ぎた我慢《がまん》で状況を悪くする人も、どちらも対処に苦労する。

もっとも、竜憲のほうから積極的に動くことは、後々のトラブルを生むだけだと判っているので、結局はただ待っていることしかできなかったが。

「もう一度嘉神さんに連絡してみるよ……。何か納得できないし……」

「そのほうがよさそうだな……」

嫌《いや》そうに宣《のたま》う大輔が、拳《こぶし》を開いてみせた。

掌《てのひら》に載ったティッシュは、血を吸ったままだ。

「寝ぼけてたとは言わさないってよ……」

ひょいと肩を竦《すく》めた竜憲は、もう一度鏡を覗《のぞ》き込んだ。

4

「なんだかよく判らんのよ」

ソファーにふんぞり返った嘉神《かがみ》は、悪怯《わるび》れた様子もなく、のうのうと宣《のたま》う。

大輔《だいすけ》は考える前に、思わず呟《つぶや》いていた。

「そんないい加減な……」

「確かにそうやね。まぁ……しゃあない」

あくまでも態度を変えようとしない男を睨《にら》みつけ、さらに口を開こうとすると、竜憲《りようけん》がとりなすつもりか急に割って入ってくる。

「彼女の周りの人間が死ぬって言うのは本当なんですか？」

あまりにストレートな問いに、嘉神はもちろん、大輔も、竜憲を見詰め返した。

やがて、ちらりと竜憲を眺《なが》めやった嘉神が、小さく咳払《せきばら》いをする。

「そう、ずいぶん死んでるのは確かやね。全部が全部、変とは言わんけどなぁ。――確実ってのが、一人はおるんよ。他にも怪しいのは何人か……」

つまり、複数の事例があるということだ。

溜《た》め息《いき》を吐《つ》いた大輔は、まっすぐに嘉神に向き直った。

相変わらず、長髪に革《かわ》の上下という格好である。

ここを訪ねたのも大型バイクだった。

考えようによっては、車より小回りがきくし、時間も自由になるから、霊能者《れいのうしゃ》に向いているのかもしれない。だが、被害者を保護するという考え方が、すっかり抜け落ちているのは間違いないだろう。この男には、自分の都合でしか考えないようなところがあるのだ。

だから、彼の話は〝嘉神伝世〟の主観で語られると思っていたほうがいい。

「……まず、聞かせてもらおうか？　昨日、電話でなんて言ったんだ？　あの女の正体は何なんだ？　そもそも、どうして知り合った？　どうしてリョウに頼ったんだ？」

立て続けに質問を並べてやる。

「またそないにやいやい言わんでも……」

ぼそぼそと口中で呟《つぶや》いた嘉神は、上目づかいに大輔を見た。

「だから……。自分だって、一応霊能者ってことで仕事してるんだから。彼女は紹介で来たんよ。……ウチの師匠《ししょう》の頃から相談に乗ってるおばちゃんが、知り合いの会社の事務員の女の子を見てほしいて……」

長くなりそうな話だ。

そう思ったのか、竜憲が席を立った。

「お茶、取ってくるよ」

センターテーブルには、煎餅《せんべい》とコーヒー。

組み合わせが妙だと思っていたのは、大輔だけではなかったようだ。

もっとも、半分は竜憲が中座することを願っての、コーヒーだったが。

あるいは自分が同席していては、話が進展しないことを察したのかもしれない。

実際、ここまで露骨《ろこつ》な態度では、気づいて当然だろう。

「……で、ホンマに真矢《まや》ちゃんは問題はないて思うたんよ。けど、あんまビビっとったら、しょうもないモンにつけ込まれるし……。――で？　何が訊《き》きたい？」

どうやら、嘉神もさすがに大輔の無言の圧力は感じていたらしい。竜憲の足音が聞こえなくなると同時に、言い訳じみた台詞《せりふ》を吐いた。

そのくせ、自分の訊きたいことだけは、しっかりと訊いてくる。

「何か隠しとるやろ？　竜憲には聞かせとうないんか？」

「……確実に怪しいってのはどういうことだ？」

「……なんや。そんなん、ここそこ話すことやないやろ」

「いいから言えよ」

質問を悉《ことごと》く無視する大輔に、先に喋《しゃべ》らせるのは無理と踏んだのか、これ見よがしに溜《た》め息《いき》を吐《つ》いた嘉神は、コーヒーに手を伸ばした。

「救急車呼んで、病院に向かう途中で、患者が消えたらしいんやけどね。大騒ぎんなって捜《さが》してたら、もう一回一一九番があって……。それ、三回繰り返したんやて。三回目に行った時は、救急車ん中で心臓止まったらしいて。……そのまんま、生き返らんかった。死んでからはうろついたりせんかったらしいよ」

なるほど、確かに怪しい。嘉神の話が本当なら、何かしらの力が働いたとしか思えない状況だ。

だからといって、倉本真矢との関わりと素直に結びつけるのも難しそうだった。

「で？　何を心配しとんの？　何やら心当たりがあるん？」

このまま無視してもよかった。

だが、嘉神は一応専門家だ。それなりにキャリアもあるし、不用意に口を滑《すべ》らせることもないだろう。

小さく息を吐いて、大輔は一番の気がかりを口にした。

「……ちょっと前に拘《かかわ》った件なんだが……。腹の中から呪符《じゅふ》が出てきたんだ」

「呪符……て……」

「一度も手術したことがない人間の腹から、血まみれの呪符が出てきたんだよ」

「やっぱり……」

おおよその予想はついていたのだろう。嘉神は重々しく頷《うなず》いた。

「で、竜憲には内緒にしてんのやね」

「一応片づいたしな……。だが、誰が仕込んだものか、皆目見当もつかない。……それも、一人の野郎の周りで次々と人が死ぬってヤツだったからな……」

「確かに、似てるわな。そっくりや……」

竜憲が近づいてくる。

足音も聞こえないが、大輔にはそれがはっきりと判った。

「余計なことは言うなよ……」

「判ってるって……」

「——まぁ、その野郎っていうのが、ホンモノのカリスマってヤツだったから、似てるのは結果だけだと思うがな。……一人の人間の周りで人が死ぬって状況だけ」

「今時のバッタモンのカリスマとは別モンて？」

眉《まゆ》を寄せた大輔は、嘉神の顔をつくづくと眺《なが》めた。

どう考えても、倉本はカリスマ性がある女ではない。

人間のカリスマ性というものを感じられない大輔でも、香川《かがわ》に妙な力があることは判った。あれがカリスマというものなら、倉本真矢にはかけらもないと断言できた。

「……あんた、少しは世間てものをやね……。まあええわ。真矢ちゃんに取《と》り憑《つ》いてるってのは、そんな悪いものやないやろ？　見えた？　見えるんやろ？　最近は……」

「それがな……。関係があるのかないのか判らないが、婆《ばあ》さんを見たんだけど……」

音もなく戻ってきた竜憲は、渋《しぶ》そうな番茶をテーブルに並べた。

「ありがと」

にっこりと笑う嘉神は、湯呑《ゆの》みに手を伸ばした。

「婆さんて……。ひょっとして、えらいちっちゃい婆さんか？」

「見たのか？」

竜憲を無視して、そのまま話を続ける大輔を見ても、嘉神は別段気にした素振《そぶ》りも見せなかった。

このあたりの小狡《こずる》さは、ありがたい。

「そりゃ、まぁね。……真矢ちゃんに引っついとったやろ？」

「いや……ここの玄関先で、俺の帰りを待ってたんだ」

「待ってたって……」

わざとらしく眉《まゆ》を寄せてみせる嘉神に、肩を竦《すく》めてみせた。

「ほんとに待ち伏せされてたって感じだったぞ。……あれは倉本とかいう女の身内か？」

「うん。ひぃバアちゃん」

「なるほどな……それなら、あんな女でも可愛《かわい》いよな」

「おいおい……」

嘉神の反応も、不機嫌《ふきげん》に眉《まゆ》を顰《ひそ》めた竜憲の表情も、想像できた。

もちろん、口から出た言葉を取り下げるつもりもない。今さら、何を言おうと、手を引くのは無理だろうし、せめてもの意思表明というヤツだ。

「まぁ、それは主観の相違としてやってもいいけどな。……実際、その婆《ばあ》さんに頭下げられたのは事実だし。……だいたい、その婆さんからなんか聞いてないのか？　見えたんだろう？」

厭味《いやみ》も半分含めて問い返すと、嘉神はすまなそうに苦笑する。

「すまんねぇ。助けてやってくれしか言わんかったんよ」

なるほど、能力云々《うんぬん》という以前に、必要な意思表示すらしない相手だったというだけらしい。

「謝らなくても……。要するに、何も判っていない、と」

「そうそう……。正直言うと、両方抱えてどうこうできんちゅうことよ。……真矢ちゃんを守るんと、犯人捜《さが》しいっぺんにはねぇ。……自分は一人やしね」

本音を口にした嘉神は、にこりと大輔を見返した。

そう正直に言われてしまうと、嫌《いや》な顔をするほうが悪人になってしまう。内心で毒づきながら、大輔は湯呑《ゆの》みを口に運んだ。

　こうなったら、さっさと片づけるに限る。

「判った。……こっちは倉本の駆け込み寺をやればいいんだな」

「頼むわ。ここやったら、誰かしらおるやろ？」

　今まであまり考えたこともなかったが、一人で動いている嘉神には、いろいろと不都合なことがあるらしい。

「けど、真矢ちゃん、ここに泊めてほしいて言わなんだんや」

「何だ、それは」

「いや……。自分が会《お》うた時は、えらい怯《おび》えててな。このまま帰りたないやの、ずっと一緒におってくれやの、駄々《だだ》をこねられたんや」

　力ない笑みを浮かべる嘉神は、倉本に手を焼いていたようだ。それを押しつけられたかと思うと腹も立つが、怯える女を宥《なだ》めながら、原因を探ることがいかに難しいか、あまりにも簡単に想像できるだけに、文句を言うのもはばかられた。

「……リョウ。あの女には特別なものは何も憑《つ》いてないって言ってたよな」

「見えなかっただけかもしれないけどね」

「自分にも見えへんしな。せやけど、周りで妙なことが起こるんよ。……真矢ちゃんが原因とは限らんけど……」

これ見よがしの溜《た》め息《いき》を吐《つ》いた大輔は、湯呑《ゆの》みに手を伸ばした。

いかにも濃《こ》そうな番茶は、今の気分にぴったりだ。

男の腹から出てきた呪符《じゅふ》のことは、いつまでも喉《のど》に刺さった刺《とげ》のように、引っかかっている。

そのせいで墓穴を掘ったかもしれない。

ちらりと嘉神を見やった大輔は、意味ありげな目くばせに、軽く眉《まゆ》を上げた。

5

ベッドに寄りかかって床《ゆか》に座り、ぼんやりとテレビを眺《なが》めながら、竜憲《りょうけん》はコーヒーを啜《すす》っていた。

あまり楽しい話題はないが、それでもニュースは見るようにしている。だが、普通の番組を見る気はしなくて、結局はＣＳデジタル放送の音楽専門チャンネルを見ることが多かった。

ところが、以前のように、ライブに行きたいと思うようなバンドは皆無だ。

曲の流行が趣味と違っているせいだと思いたいところだが、録音したものに反応する感性がなくなったのが原因のようだった。

ライブに行けばそれなりに楽しめるのだから、好みの音を聴き分ける感性が鈍っているといえるかもしれない。

「……なんか情けないな……」

チャンネルを変える。

と〝現在契約されていません〟という文字が映った。

「え？　……どうして……」

画面の上部に映っているナンバーは、ニュースの専門チャンネルだ。真夜中や早朝なら、メンテナンスで放送中止ということもあるが、まだ八時だった。

と、見ている間に、画面の文字が乱れはじめた。

「アンテナかな……」

パラボラを設置してから二年。屋根の上で雨風に打たれているのだからトラブルがあってもおかしくはない。

リモコンを操作しても、画面は乱れたままだった。

「……まさか雷《かみなり》じゃないだろうな……」

地上波に変える。

だが、それでも画面は復旧しなかった。

「あーあ……」

どうしても見たい番組があるわけではないのだが、テレビが映らないとなると、妙に気になる。

一応、アンテナを確かめるつもりで腰を上げた竜憲は、テレビの裏を覗《のぞ》き込んだ。

「いきなり外れるっていうのも変だよなぁ……」

見る限り、アンテナ線は繋《つな》がっている。アンテナ端子を取り替えるだけなら簡単だが、途中が断線しているとすれば手に負えない。

諦《あきら》めて、上体を起こした竜憲は、ぎょっとして体を硬くした。

肩に回された腕があった。

「……素戔嗚《すさのお》？」

感覚は腕だけだ。

腕の方向からすれば、背後から抱かれているというところだが、胴体の感覚はない。そのくせ、頭ひとつ身長が高いということが判る位置から腕が出ているのが嫌《いや》だった。

「何かあったんですか？　どうしたんです？」

どうして大輔《だいすけ》が一緒ではないのだろう。

「まさか、大輔に内緒の話があるとか言うなよ……」

大輔が何か隠していることは気づいていた。というよりは、たいていのことを隠そうとするので、わざわざ探ろうとも思わなくなっているのだ。

普段は角突き合わせている鴻《おおとり》に頭を下げてまで、情報を得ようとするし、その結果をできれば一言も漏らしたくないと思っているようだった。

大輔の秘密を、素戔嗚が知らせようとするのには、何か意味があるのだろうか。それとも、竜憲が気づかない間に、姫神《ひめかみ》の具合が悪くなっているのだろうか。

「素戔嗚？」

腕だけで抱きしめられるというのは、奇妙な感覚だ。

決して不快ではないのだが、もし見物している人間がいたら、さぞや無気味だろう。

「腕だけで来ても、判らないよ。何だったら大輔を操れば？」

単なる軽口だ。

が、不意に腕の感触が消えた。

「あ……と」

本当に大輔を操られたら、それはそれで困るに決まっている。

一瞬過《よぎ》った考えに眉《まゆ》を顰《ひそ》めた竜憲は、小さく首を振った。

「そんなわけないって……」

背後を振り返っても、もちろん、そこに誰がいるわけでもない。

当然のことにも拘《かかわ》らず、その事実にほっとしながら、竜憲は改めてテレビの画面を覗《のぞ》き込んだ。

やはり、画面は映っていない。

どうやら、素戔嗚の腕が現れたことと、テレビが映らないことは関係ないようだ。

「あーあ」

溜《た》め息《いき》を吐《つ》いた竜憲は、のろのろと部屋を後にすると、居間に立ち寄って、サイドボードにある大ぶりのライトを引っ張りだした。

一応、スイッチを入れてみる。

真紀子《まきこ》が管理しているライトは、ちゃんと点灯した。

「よし……」

「あ……リョウ」

と、再び廊下《ろうか》に出たとたんに、声がかかる。

「なんだ。大輔か……」

他に誰がいるわけでもないのに、顔を見たとたんに、つい口が滑《すべ》った。

「悪かったな」

露骨《ろこつ》に不機嫌《ふきげん》な表情になった大輔が、疑わしげに見返してくる。

「なに？　なんかあった？」

曖昧《あいまい》に微笑《ほほえ》んで問いを返すと、大輔はますます怪訝《けげん》な顔になる。

「お前こそ、なんかあったのか？」

「え……まぁ、CSが映らなくなっちゃってさ。パラボラ見てみようかなと思って」

大きなライトを掲げてみせる。

不機嫌だった大輔の表情が、ようやく緩《ゆる》んだ。

「CS？　そうか……他は見てみたか？」

「なんで？」

「テレビ映んないぞ。……ラジオも聞こえないしな」

どうやら、そこまで調べてから、様子を訊《き》きにきたらしい。

「へぇ……なんだろうね？」

「判らん。……電波障害にしては、ひどすぎるしな」

「そう？」

「まぁ、いいけどな。どうせ、見たいもんがあったわけじゃない」

「ウチだけだったりして……」

思いついたままを口にすると、大輔は急に眉《まゆ》を顰《ひそ》めた。

別に、特別なことと思ったわけではない。ただなんとなく、口にしただけの言葉に、真面目《まじめ》に反応されると困る。

「いや、こんなこと初めてだからさ」

慌《あわ》てて言い繕《つくろ》うと、竜憲は玄関に向かい始めた。

「どうするんだ？」

「とりあえず、アンテナ見てみる」

「ついでに、近所もリサーチしてみるか？」

「そこまでしなくても……」

言葉を交わす間も足は止めずに、竜憲はさっさと外に出た。

庭に回って屋根を見上げる。

ライトで照らし出されたアンテナはどれも見慣れた方向を向いているようだ。

だが。

屋根の上に、何かがいる。

それも、一人二人と言うべきか、一匹二匹と言うべきか。屋根のあちこちに黒い影が蠢《うごめ》いていた。

「ありゃー」

有象無象の物《もの》の怪《け》か。

『御方《おかた》さま』

ひゅっと音を立てて、影が飛ぶ。

『御方さま』

『姫《ひめ》さま……』

ふわふわと、季節はずれの蛍《ほたる》のように、淡い光を引きながら飛ぶもの。闇《やみ》の中でさえ、さらに黒々と沈む影。

庭灯などないのに、星を隠すものの動きは、はっきりと見て取れた。

「リョウ……。何かいるのか?」

どうやら、大輔には見えていないらしい。

「うん。……いるにはいるけどね……。いいや……戻ろう」

「あ？　いいのか？」

「いいよ。揶揄《からか》いに来ただけみたいだし……」

狭須良姫《さすらひめ》の御機嫌《ごきげん》伺《うかが》いに来ただけだろう。周りを飛び回って、煩《うるさ》く騒いではいても、結局姫神が起きないので、諦《あきら》めて帰ることになる。

今までと比べると、少し数が多いような気がしたが、どちらにしろ、彼らの事情はよく判らなかった。

「……おい、本当にいいのか？」

ライトを消して、玄関に向かう竜憲に、大輔が駆け寄ってきた。

「しょうがないだろ？　朝になって、まだ映らなかったら、屋根に上ってみるよ」

「プロを呼べ、プロを！　パラボラの角度調整なんて、面倒だろうが」

「まあね……」

電気のプロでも、霊《れい》の悪戯《いたずら》に対処するのは難しいだろう。

『姫さま……』

耳元で呼ばわる蛍《ほたる》。

『御方《おかた》さま。早ういらしてくだされ』

「……ああ、うるさい。……いいや、戻ろう。こいつら、家には入ってこられないみたいだし」

むすりと押し黙ったまま歩く大輔は、周囲にきつい視線を投げていた。

何も見えないということが、どうしても承服できないらしい。少し前までは、何も見えないということを逆手に取って、いろいろと策を巡らせていたのに、見えるようになったら、今度は竜憲を出し抜こうとするのだ。

危なっかしくて見ていられないから、できるだけ危険から遠ざけようとしているらしいが、ときどき鬱陶《うっとう》しくなる。

「……あぁ……そうか……」

「なにがだ？」

「……なんでもない」

姫《ひめ》さまだの、御方《おかた》さまだのといって、周りに擦《す》り寄《よ》ってくる霊は、竜憲に危害を加える気はない。姫神を心配して、擦り寄っているだけなのだ。

根《ね》の堅州国《かたすくに》にいればそれなりの力を持っているものも、ここではただの霊でしかない。

それと同じように、竜憲は日常までつきまとう心配性の大男を疎《うと》んじていた。

いざとなれば頼ってしまうくせに。

「本当に大丈夫《だいじょうぶ》なのか？」

「大丈夫だよ。心配性だな」

「そう思うんなら、何を見たのか、ちゃんと説明しろ」

「姫《ひめ》さまの取り巻きだよ」

なるべくそっけなく、事実だけを告げる。

むっとして、顔を顰《しか》めた大輔は、無言で竜憲の腕を摑《つか》むと、足早に玄関に向かっていった。

第二章　事故

1

体がひどく怠《だる》い。

目覚めた瞬間、そんなことを思った。

ところが、布団《ふとん》から抜け出したとたんに、怠さなどきれいさっぱり忘れてしまうような光景が、竜憲《りようけん》の目に飛び込んできた。

心配性の大男が布団を持ち込んで、竜憲のベッドの横に敷いて、護符《ごふ》になると宣言したのは、昨夜のことだった。

今までにも何度もそうやって護符の代わりをしてもらったことがあったが、こんな無気味なものを見せつけられたことはない。

いや。

ほとんどの場合、大輔《だいすけ》のほうが早く目覚めたから、見なくてすんだだけだろうか。

縦にも横にも二回りは大きい特注サイズの布団で、寝穢《いぎたな》く寝転《ねころ》がっている大輔には、腕も脚も四本ずつあった。

思いのほか、暑かったせいか、布団《ふとん》から半身が飛び出している。

厚手のネル素材という、如何《いか》にも寒がりなパジャマから伸びる手足と、剝《む》き出《だ》しの腕と脚。

素戔嗚《すさのお》のものだということは、判る。

四本の腕で抱きしめられたことも一度や二度ではないし、大輔の中に、彼の意思を無視して腕を出す素戔嗚が潜んでいることは、竜憲もよく知っていた。

だが、こうして、熟睡する大輔の体から、もう一人分の手足が出ているというのは、異様な光景だった。

「……素戔嗚？」

声を殺して呼ぶ。

と、一組の手足が、ゆっくりと動いた。

一瞬、顔が見えたような気がする。

だが、現実には素戔嗚の姿は掻《か》き消えてしまった。

「何か話があるんじゃないか？」

夢の中に現れたような気もする。単なる夢だったのか、それとも竜憲が寝ている間に戔《さ》須良姫《すらひめ》に会っていたのか。

どちらにしろ、竜憲に用があったということではなさそうだ。

「……あ……と。そうだ……テレビ、テレビ……」

リモコンを操作する。

電源を入れると同時に、消音ボタンも押す。

大輔に対する配慮だったが、どうやら心配する必要はなさそうだ。穏やかな寝息は、大輔の眠りが深いことを教えてくれた。

視線をテレビに向ける。

やはり、何も映っていない。

そういえば、ラジオも聞こえないと言っていた。

昨夜の言葉を思い出した竜憲は、コンポのスイッチを入れた。

ヘッドホンをかけて、FMを聴《き》く。

雑音すら聞こえない。だが、CDの音楽は普通に聞こえた。

「……なんだろな……」

コンポの電源を切ると、足音を殺すように部屋を出る。

真っ先に向かったのは、居間だった。

テレビをつける。

やはり、何も映らない。

「あら、早いわねぇ。……おはよう」

割烹着《かっぽうぎ》の紐《ひも》を結びながら、母親が台所から姿を見せた。

「おはよ。……テレビ、映らないんだ？」

「そうなのよ。九時になったら、遠藤《えんどう》さんに電話しなくちゃねぇ」

真紀子《まきこ》がスイッチを入れても反応しないのなら、原因は霊《れい》ではないだろう。

「ご飯、もう少しかかるけど」

「いいよ。目が覚めちゃっただけだし……。藤の水、替えようか？」

「それより、吉川《よしかわ》くんを食事に誘っていいか、溝口《みぞぐち》さんに訊《き》いてくれない？　何か、少し痩《や》せたみたいだから……」

「……いいけど……」

生きるために食べるものが、総《すべ》て生き物だということに、ひどく滅入《めい》ることがある。霊能者のそれは、ベジタリアンの動物の肉を食べなければいい、などという簡単な話ではない。植物でも動物でも、命を食べていることに違いはないのだ。

だが、霊に気づかれないという、特殊体質の真紀子が作った料理は、それが生きていたということを意識しなくてすむ。疲弊《ひへい》して、過敏になっている霊能者にとっては、一番ありがたい能力でもあった。

霊能力を得ようと、研鑽《けんさん》を続けている吉川が、過敏になっているのだろう。

それが乗り越えなければならないものなのか、それとも体のことを優先させなければならないのか、まともな修行をしたことがない竜憲には判らなかった。

「じゃあ、お願いね」

送り出されて、仕方なく部屋に戻る。

夜明け前から起き出して、修行している人をパジャマ姿で訪ねるというのは、あまりにも無神経だろう。

こっそりと、大輔を起こさぬよう自分の部屋に忍び込んだ竜憲は、手近にあった服を摑《つか》んで、廊下《ろうか》に出た。

手早く着替えて、そのまま道場に向かう。

渡り廊下に足をかけた時、ぞうきんがけをする溝口に気づいた。

「溝口さん。おはようございます」

沙汰《さた》をしながら近づくと、溝口が慌《あわ》てて立ち上がり、深く頭を下げる。

「おはようございます」

竜憲はぺこりと頭を下げて、なんと切り出そうかと考える。

朝から働いている相手に、母からの伝言を伝えるのは、どうも心苦しい。だが、吉川の父親がわりをしている初老の男が、彼の直接の師匠《ししょう》でもあるのだ。どちらにしろ、許可を得なければならないのは、間違いなかった。

「……母さんが、吉川くんが痩《や》せたって言ってたんだけど……」

なんとも要領を得ない話し方だ。自分でもそう思うのだが、かといって、他に話のきっかけが思いつかなかった。

「吉川くんですか？」

「そう。……もし構わないんだったら、食事に誘いたいって……」

何を心配していたのか判ったのだろう。穏やかな笑みを見せる溝口は、少し嬉《うれ》しげな表情を見せた。

「痩《や》せているというよりは、背が伸びているようですよ」

「あ……。そうなんだ」

「やっと成長期だと、喜んでましたから……」

ほっとする。

霊媒《れいばい》体質の吉川は、霊に対しては、恐ろしく敏感だった。通学路や学校に潜む霊に怯《おび》えて、中学校にも通えなくなったぐらいである。

今はどうにか高校に通っているが、体格は、年齢のわりには小柄だった。

少しでも成長しているということは、吉川の精神が安定している証拠のように思えた。

「……けど、あれで背が伸びたら、ますます細くなるんじゃないかな……。もし、差し障《さわ》りがないんなら、母屋《おもや》のほうで朝ご飯食べてほしいんだけど……」

「はい。吉川くんも喜ぶと思います」

「じゃあ、誘ってくるから……」

「お願いします。事務所の掃除《そうじ》をしていますので」

再び頭を下げる溝口に、今度はもう少し丁寧《ていねい》に挨拶《あいさつ》した。

言われたとおり、吉川は事務所の机を拭《ふ》いていた。

「あ、おはようございます」

竜憲を見つけて、ぺこりと頭を下げた吉川は、確かに背が伸びているようだ。今までより、少し目線が高い。

「ずいぶん背が伸びたんだ」

「五センチですけど……」

にっこりと嬉《うれ》しそうに笑う吉川を見ていると、それだけでほっとする。

以前に比べれば表情も明るくなっているし、風の音にも怯《おび》えるようなことはなくなっていた。

「母さんが、ご飯食べに来てほしいってさ……。背が伸びたのを痩《や》せたと思ったらしいよ。顔を出してくれれば安心すると思うし、面倒だろうけど食べにきてくれる？」

「えぇ？　そうなんですか？　判りました。お邪魔《じゃま》します」

「じゃあ、母さんに言っとくね」

「はい」

もう一度頭を下げた吉川は、ファックスと共用の電話の受話器を持ち上げて、手早く拭《ふ》き上げた。

「……あれ？」

訝《いぶか》しげに眉《まゆ》を寄せて、受話器を耳に当てる。

「あれ？」

今度は、電話線のモジュールを確かめている。

「どうしたの？」

「電話、通じてないんです。……おかしいな……」

何度か電話線を接続しなおして、受話器を確かめる吉川の横をすりぬけた竜憲は、テレビに歩み寄った。

リモコンを探す手間を惜しんで、メイン電源を入れなおす。

だが、テレビは沈黙したままだった。

アンテナは別だ。

同じ敷地に建ってはいるが、隣《とな》り合っている二軒の家と考えたほうがいいだろう。その両方で同じようにテレビが映らないということが引っかかる。

しかも、電話まで。

「邪魔《じゃま》したね。母さん楽しみにしてるから、ご飯食べにきてよ」

なるべく気軽に声をかける。

「あ……はい」

まだ電話と格闘している吉川を置いて、竜憲は足早に母屋《おもや》に戻っていった。

2

枕元でぶつくさと文句を並べる男がいる。

何を言っているのかは聞き取れないが、不機嫌《ふきげん》なことだけはよく判った。

こんなヤツのために、目を開く気にはなれない。久しぶりに快適な眠りを味わっているのだ。

実際、本当に心地よい睡眠というものは、年に数回しか訪れてくれない。それも、寝起きがよかったからいい睡眠だったと信じる、という程度のことが多かった。

目を開ける前から、いい眠りだったと意識することは滅多《めった》にないのに、最後の最後でぶち壊しにされるのは腹が立つ。

どうせ、文句を並べているのは素戔嗚《すさのお》なのだ。

「あ？」

どうして素戔嗚だと判るのか。

そう思いついた大輔《だいすけ》は、目を覚まそうと、精神で身じろぎした。

『迂闊《うかつ》よの』

鋼鉄のように重い瞼《まぶた》を無理やり持ち上げる。

目を見開いても、何が見えるわけではない。確かに聞こえていたと思う声も、遠ざかってしまったようだ。

それでも、いつものように、総《すべ》ての気配が消え去ってしまう、というわけでもない。

観察されているというか、見張られているというか。妙に気詰まりな空気が、体を押し包んでいる。

言いたいことがあるのなら、はっきりと言えばいいのだ。

口に出すだけ無駄《むだ》の抗議は呑《の》み込む。

のそりと起き上がった大輔は、胡散臭《うさんくさ》げに室内を見回した。

そして、この部屋の主のベッドが、空であることにも気づいた。

「リョウ？」

いつの間に起きたのだろう。

時間はまだ早いはずだ。

「珍《めずら》しい……」

呟《つぶや》いた大輔は、ようやく布団《ふとん》から抜け出した。

何かあったのだろうか。まさか、屋根に上っているわけはないだろうが。

あれで結構下世話な話が好きだから、テレビがつかないとなると、落ち着かないのかもしれない。

「……まったく……」

伸びをして筋をのばすと、のそりと立ち上がる。

パジャマのままうろつくのもみっともなくて、足早に部屋に戻った。

これだけ大きな家だと、廊下《ろうか》もそれなりに広い。下手《へた》なマンションの通路より広いせいか、パジャマでうろつくというのが、どうにも慣れなかった。

きっと、こういう些細《ささい》な感覚の差が積み重なって、生まれの差とやらができあがるのだろう。

少なくとも大輔は、一間幅の廊下をパジャマでうろつく度胸はない。

手早く着替えて廊下に出ると、とたんに周りを見る余裕が生まれるあたりが、やはりこの家のサイズは、自分に合っていないということだった。おかげで、居候《いそうろう》気分が抜けない。

鴨居《かもい》に気をつけるだけで、室内に入ってしまえば、頭をぶつける心配がない。それが、この家の一番気に入った点だった。

「……あぁ？」

事務所で音がする。

軽くノックして、ドアを開けた大輔は、パソコンの前で唸《うな》っている竜憲《りょうけん》を見つけた。

「何やってるんだ？」

「あ、おはよう」

「珍《めずら》しいな、お前がパソコンか？」

「うん……。どうやら、電話もダメみたいだ」

「あ？」

要領を得ない言葉に、視線を巡らせる。

ファックスの位置がずれているし、携帯電話も放り出している。

「テレビだけじゃなくて？」

「そう。……事務所のテレビも電話もダメだった。……パソコンもだし……」

手早く電源を落とした竜憲は携帯電話を持って、部屋を出た。

「……お、おい！」

慌《あわ》てて、大輔は後を追った。

テレビが映らないだけなら、〝たかが〟だが、電話が使えないとなると、そうも言っていられない。

案の定、竜憲は携帯電話のディスプレイを見詰めながら、庭に出た。

「……圏外なのか？」

「そう……」

何度も視線を携帯電話に落としながら、足早に歩く。

大時代な門を潜《くぐ》って外に出た瞬間、竜憲は足を止めた。

「……出たか?」

「目一杯」

「……なるほど。怪《あや》しいな……」

「めちゃめちゃ怪しい」

視線を門に戻した竜憲は、目を細めて空を見据《みす》えていた。

五月晴《さつきば》れという表現が、いやになるほど似合う空だ。普通なら、すがすがしいと感じるのだろうが、その向こうに何かが潜んでいるように感じる。

「出ろ……出てくれ……」

ぶつぶつと呟《つぶや》きながら、携帯電話を耳に押し当てている。

「おい、リョウ……」

こんな朝っぱらから、誰に電話をすると言うのか。

不審の目を向ける大輔の前で、竜憲はぱっと顔を輝かせた。

「……もしもし! あ、朝早くからすみません。倉本《くらもと》さんのお宅でしょうか……。はい、大道寺《だいどうじ》です。……はい。……何か、変化はありませんか? 実は、ちょっとトラブルがあって、電話が通じなかったんです」

テレビやラジオ。それに電話とくれば、総《すべ》てが情報を伝えてくれるものだ。

真っ先に心配したのは、倉本真矢《まや》のことだったらしい。

電話まで通じないと昨夜のうちに気づいていれば、家を訪ねると言い出したかもしれない。

そんなことを考えてしまうほど、竜憲はほっとした顔をしていた。

「……ええ。大丈夫《だいじょうぶ》です。……はい。いつでも電話してもらえれば……。ええ、携帯のほうにお願いします……」

どうやら、倉本は無事だったらしい。

電話を切った竜憲は、門に寄りかかってにっこりと笑った。

「倉本の心配性がうつったのか？　何もかにも自分のせいってのは、あの女の自意識過剰だろうが」

「……だって、一番ありそうじゃないか」

「ないない。それぐらいだったら、道場のほうの仕事が引っかかってるってほうがよっぽどありそうだ」

ひょいと首を竦《すく》めた竜憲は、ポケットから煙草《たばこ》を取り出した。

「ふう……」

空に向かって、煙を吹きあげる。

「原因は何だと思う？」

「知るわけないだろ」

差し出された煙草《たばこ》を一本もらう。

「サンキュ」

二人並んで、所存なげに煙草をふかす。

「……昨夜の奴《やつ》ら……本当に姫様《ひめさま》の取り巻きだったのか？」

「そうだよ」

「……あいつらがやったんじゃないのか？」

「どうだろ」

肩を竦《すく》めた竜憲が、靴《くつ》の裏で煙草を消した。

そのまま、吸い殻を持って門を潜《くぐ》る。

その場で携帯電話を覗《のぞ》きこんで溜《た》め息《いき》を吐《つ》くと、もう一度外に出た。

気乗りしない様子で、もう一度煙草を取り出した。

「おい。戻るんじゃないのか？」

「電話、入んないしさ」

「だからって、ここでぼんやりしてるのか？　それぐらいだったら、車ででかけりゃいいだろう」

目を見開いた竜憲が、くすくすと笑い始めた。

「……だね」

「ちょっと待て。朝飯ぐらいは食べていったほうがいいだろう。……ほら、電話、貸せ」

大時代な門は、木の扉《とびら》と閂《かんぬき》で閉じられるようになっている。もちろん、武家造りだから、屋根もある。

つまり、小さな携帯電話を載せるスペースはいくらでもあった。

ひょいと、電話を置いた大輔を、竜憲は不満げに眺《なが》めていた。

「朝飯の間ぐらいは待たせてもいいだろう。後で留守録聞けばいい」

「まぁ……そりゃそうだけど……」

「何が気に入らない？」

「別に……」

何が気に入らなかったのか知らないが、むすりと黙りこんだ竜憲は、ずしゃずしゃと砂利《じゃり》を鳴かせながら、前庭に入っていった。

車寄せの役割を担っている前庭は、そのまま車庫に繋《つな》がっている。

そこに居座《いすわ》っている竜憲の愛車は、長居をするには向かない車だった。

車で時間を潰《つぶ》すと言うよりは、ホテルにでも滞在することを考えたほうがよさそうだ。

もちろん、一番いいのは、原因を調べることである。

「……そう簡単にすめばいいが……」

異変が、テレビ、ラジオと、電話だけというのが、如何《いか》にも原因を探るのが難しそうだった。

珍《めずら》しく、協力的な気分になった大輔は、竜憲に続いて母屋《おもや》に入っていった。

3

アスファルト道路を転がった身体《からだ》は、それはもう見事にぼろぼろだった。

半分潰《つぶ》れたバイクの横に転がったヘルメットは、グラインダーにかけたように削《けず》れている。

「……畜生《ちくしょう》……」

革《かわ》のパンツに革のジャケットという格好は、他人に威圧感を与えるらしく、意味もなく嫌《いや》がられることがあるが、ライダーにとっては十分以上に意味がある格好なのだと、事故に遭《あ》うと痛感する。なんといっても、丈夫《じょうぶ》だ。

やはり、アスファルト道路で削られるのは、生身の肉よりは牛の革のほうがいい。

「死んじまったのかなぁ……」

すぐ横を、車が通っているのに、誰も嘉神《かがみ》には気づいてくれない。

それどころか、如何《いか》にも柄《がら》の悪そうな暴走族が、まだまだ部品の取れるバイクを無視して通り過ぎるというのが、信じられなかった。

これはもう、自分が死んでいるか、結界が張られているかのどちらかだ。

死体もバイクもさっさと片づけられて、残っているのは嘉神の意識だけ、というのは笑い話にもならない。誰が、どういう術を使ったのか、想像もできないが、結界が存在すると言うほうがまだましだ。

できればそうであることを祈りたい。死んだことも気づけないようでは、霊能者《れいのうしゃ》としては失格である。

頭のすぐ横を通る車からは、何が落ちているように見えるのだろうか。

段ボール箱をわざわざ踏むような無謀《むぼう》な連中を何度も見たこともあるのに、もう半日もここに転がっていても、誰一人として頭を踏みもしない。

車が避《よ》けるのは、結界がある証拠。

そう信じなければ、このままホンモノの死体になるような気がした。

「……くそ……」

腕が折れている。

肋骨も折れているかもしれないが、幸い、肺には刺さっていないようだ。

それとも、心臓に突き刺さって、ほぼ即死だったのだろうか。

「……まずいぞぉ……」

死ぬ時は、蠱《こ》に喰《く》い殺されるのだと思っていた。そうさせないために、自分の命数《めいすう》を悟ったら、蠱《こ》を封じるのが蠱物師《まじものし》の運命だ。

こんな、中途半端な死に方というのは、考えたこともない。

交通量のある道路に倒れているのに、誰にも気づいてもらえないで、交通事故死する、というのは、あまりにも中途半端なオカルト話ではないか。

こんな状況で死んだとしても、他人に無関心な現代人、とかいう、ありがちな定型句で片づけられるに違いない。

まさか、地面から生え出た腕に、タイヤを摑《つか》まれたとは、誰も想像もしてくれないだろう。

「……くそ……」

必死で肩を動かす。

即死するような怪我《けが》をしなかったことを幸いとは言えない。このまま衰弱していくのを待つというのは、最悪だった。

感覚の鈍い手の先をどうにか動かして、ウエストバッグのジッパーを探る。

昨夜から、もう数えきれないぐらい挑戦しているのに、電話を引っ張りだすことすら、できないのだ。

「水焰《すいえん》……火焰……」

傍《そば》にいるはずの蠱が見えないのは、どうしてだろう。

ここまで弱っていると、自分たちを束縛《そくばく》する蠱物師《まじものし》を襲《おそ》うと思っていたのだが、彼らは近寄ってもこなかった。

今ごろは、解き放たれて、自由を満喫しているのだろうか。

蠱《こ》まで弾《はじ》き飛ばす結界に突っ込んだのだとすれば、少々のものではない。

嘉神の飼う蠱は、式《しき》の類《たぐい》とは別物だ。

蠱物師としても、特殊かもしれない。何かに封じ込み、蠱を飼う蠱物師もいるが、自分の体を器にするものはあまりいないだろう。

それが、身近に感じられないというのは、異常だ。

連中が、好き勝手に暴れ回っていたら。

「やばいやんか……」

いや、今は自分の心配だろう。

自分が死んでしまったら、元も子もない。

何度繰り返したか判《わか》らない、堂々巡りの果てに、やはり、結論はここに辿《たど》り着《つ》く。

意識が明確なのが恨めしい。

朦朧《もうろう》としていれば、こんな気苦労をすることもないのだ。

大きく何度か呼吸を繰り返し、もう一度、指先に意識を集中させる。

ものを摘《つ》まむと言う作業が、これほど難しいものだとは思ったこともない。こんなことなら、ジッパーの金具に飾り物でも付けておけばよかった。

そのうちに、少しだけ隙間《すきま》があいていることに気づく。どうやら、これが半日の努力の成果らしい。

隙間に無理やり指を突っ込むと、こじ開ける。

指先に鈍い痛みがあった。

やはり死んではいないらしい。

妙なことに納得する。

悪戦苦闘の末に、携帯電話を引っ張りだした。

どうにか、視界の中に電話を引き摺《ず》り上げる。

折れていないほうの腕なのに、動かすのは相当の努力が必要だった。

どうやら、首もかなり痛めているようだ。真面《まとも》に電話のディスプレイを覗《のぞ》き込むことさえ難しい。

耳元に電話を押しつけるなど、諦《あきら》めた方がよさそうだ。

普段なら何の苦もなく押す、登録ナンバーを散々苦労した揚げ句に発信させる。

「早く出ろや」

苛《いら》ついている自分を自覚しながら、電話から漏《も》れてくる音に耳を澄《す》ました。

こんな時に頼りになるのは、一人しかいない。

呼び出し音が、聞こえているのかいないのか、だんだんと判らなくなっていた。

今さら、意識がおかしくなってくるとは皮肉だ。

「早く……」

4

「……留守録が入ってる」

食事を終えたとたんに、門まで走っていった竜憲《りょうけん》を、呆《あき》れながらも追った大輔《だいすけ》に、そんな台詞《せりふ》が投げられる。

「そりゃ、かかってくりゃ入るだろう」

首を竦《すく》めた大輔を、ちらりと睨《にら》み、竜憲は携帯電話を操作した。

「あれ……」

「どうした？」

訊《き》き返すと、竜憲は眉《まゆ》を顰《ひそ》めた。

「メッセージが入ってない」

「留守録が怖い奴じゃないのか……」

皮肉に応じる。

「違うと思う」

「何故《なぜ》？」

「通話が切れてないから」

なるほど、留守番電話の嫌《きら》いな人間は、それが判ると即座に通話を切る。

「無言電話ってことか？」

「あ……終わった」

落胆した顔で、竜憲は電話を見詰めた。

「他には？」

「一件だけ……。誰からだろ」

そんなことを言われても、大輔に判るわけもない。

が、ふと思いつく。

「あの例のヤツは？」

「は？」

「電話取る前に判るヤツ。……男か？　女か？」

「さぁ。……なんで？」

「女だったら、倉本《くらもと》かもしれないだろ？」

「男だったら？」

「どうせ、嘉神《かがみ》だろ？　他にこの番号知ってんのは……」

そう答えた途端《とたん》に、竜憲の表情が険しくなる。

同時に、大輔もその表情の意味を悟った。

嘉神が留守録の怖い男のわけがない。

「何かあったのかな」

「……何かって？」

訊《き》き返したものの、明確な答えが返るはずがないことも、大輔には判っていた。

判るくらいなら、電話が通じないといって騒ぐはずもない。

「どうしよう……」

「こっちからかけてみたらどうだ？」

「うん」

頷《うなず》きながら、竜憲の指はもうメモリーの検索を始めている。

コールして、耳に押し当てる。

「……嘉神だと思うのか？」

「録音で性別が判るわけじゃないし、声が聞こえるっていうわけでもないけどね。……けど予感がするんだ……」

「悪い予感ってやつか？」

ひどく真剣な顔で電話を睨《にら》んだ竜憲は、視線を大輔に向けた。

「どうした？　繋《つな》がらないのか？」

「……嘉神さんだ……」

「あ？」

目ではなく、左耳を見られている。

眉間《みけん》に皺《しわ》を寄せた大輔は、目だけを動かして左を見た。

視界の隅《すみ》に光がある。

「……嘉神って……。あいつの使いキツネか？」

「それを言うなら管狐《くだぎつね》だろ？」

「そんな可愛《かわい》いもんじゃないだろ」

管狐が本当に可愛いかどうかは別にして、光を放つエネルギー体が嘉神のペット、だということは、判っていた。

「ひょっとして、お前を呼びに来たのか？」

「……どうだろう……。嘉神さんの蠱《こ》って、ちょっと特殊だって話だったけど……」

しげしげと、大輔の左肩の上を眺《なが》める竜憲は、蠱とも会話ができるようだった。

「案内してくれる？　嘉神さんに何かあったんだろ？」

ふわっと、光が舞い上がった。まるで、躾《しつけ》の行き届いた犬のように、蠱は助けを呼びに来たらしい。

「大輔。急ごう」

竜憲が駆け出す。

シャッターが開けられた車庫には、彼のお気に入りの車が鎮座《ちんざ》していた。

嘉神を助けに行くという大義名分があれば、普段以上に飛ばすことは目に見えている。

うんざりとするが、覚悟を決めるしかないだろう。

溜《た》め息《いき》を呑《の》み込んで、車に向かう大輔は、竜憲が隣《となり》の黒塗りの乗用車に乗り込むのを見て、目を見開いた。

「おい……」

「怪我《けが》でもしてたら、乗せられないだろ？」

前回のことで、自分の車が如何《いか》に仕事に向かないか、自覚していただけたらしい。

ほっとして、車に乗りこんだ大輔は、手早くシートベルトを締めた。

「そんなに露骨《ろこつ》に嬉《うれ》しがることないだろ。あんたをおいてけば、怪我人の一人くらい乗せられるんだからな」

むすりとして文句を並べているが、自分の愛車が送迎には向かないことは、十分に認識しているようだった。

高級ハイヤーのように、でりでりに光るまで磨《みが》き上《あ》げられた黒塗りの車は、滑《すべ》るように走り出した。

そうしょっちゅう乗っている車でもないのに、運転に違和感を感じさせない。ステアリングさえ握っていれば機嫌《きげん》がいいという性格は、こういう時でも遺憾《いかん》なく発揮されるようだった。

「……道案内のキツネは？　お前には見えているのか？」

「うん」

大輔の目には、何も見えない。

竜憲も、はっきり見えているということではなさそうだった。

おそらく、必要な時だけ姿を見せているのだろう。

「……水焔《すいえん》だっけ？　火焔だっけ？　確か、そんな名前だったよな」

「あれは火焔だよ。……嘉神さん、どうしたんだろ」

「どっかに監禁されてるんじゃないのか？」

「監禁？　どうして？」

ふふふ、と、喉《のど》を鳴らして笑った大輔は、目を細めて道路状況を確かめた。

別に自分の言葉に確信があるわけではない。そんな気がしただけだ。

実際、今のところ、何の異変も認められない。雑霊《ざつれい》は見えるが、気にかけるほどのものでもなかった。

「……大輔。何か心当たりがあるのか？」

「そうじゃないって。……別に監禁するのは人間だけとは限らないだろう。嘉神から聞いただろう？　救急車の中で消える病人の話」

「三度目に本当に死んだってヤツ？」

「ああ……。時間をいじってるか、人間の目に見えないように、こっそり隠れて運び出しているのか……。どっちにしろ、ろくなヤツじゃないだろう。そんなのにちょっかい出したんだ……。監禁されてんじゃねぇのか？」

殺されてるんじゃなければ、という言葉は呑《の》み込んだ。

きゅっと眉《まゆ》を寄せた竜憲は、遠慮がちに溜《た》め息《いき》を吐《つ》くと、車のスピードを上げた。

「気に入らないか？」

答えはない。

それが、竜憲の答えを教えてくれた。

蟲《こ》が動いているということは、嘉神は死んでいない。そして、蟲を操れる状態なら、助けを求めたりするはずがなかった。

「……おい。本当に見えてるのか？」

「大丈夫《だいじょうぶ》。カーナビなんかより、ずっと確実だよ」

どうやっているのかは知らないが、火焔《かえん》は着実に竜憲を案内しているらしい。

ひょっとすると、操っているのかもしれない。

そんなことを考えてしまうほど、竜憲の運転には迷いがなかった。

目的地を知っているからこそ、途中経過には何の注意も払わない。そんな感じだ。

気楽なドライブでもないから、景色を楽しむ余裕など、もちろんなかった。

「大輔。……あれが見えるか?」

「あ?」

いきなり、声をかけられて、大輔は目を瞬《しばた》かせた。

車の流れが悪くなったと思ったら、工事中らしい。

ガードレールが途切れたあたりにパイロンが二つ。その奥に、使い回しされて、錆《さび》の浮いた看板が見える。

工事中を示す、黒と黄色の縞模様《しまもよう》の柵《さく》にくりつけられた看板は、頭を下げる男のイラストが描かれていた。

何の工事なのか、かすれてしまって文字は読み取れない。

「ちゃんと見ろって!」

竜憲が苛立《いらだ》ちも顕《あらわ》に叫ぶ。

「ただの工事じゃない! あれは違うはずだ!」

運転席からでは詳しい状況が見えないのだろう。

RV《アールブイ》車の流行は、乗用車からの視界をひどく悪くしていた。

いくら優秀な霊能者《れいのうしゃ》でも、視界を車高の高い車で塞《ふさ》がれては、何も見ることができないのだろう。

「……いた。……洒落《しゃれ》になんねぇな……。あのパイロン……ヤツの血だ……」

「やっぱりね……」

ウインカーを出してぎりぎり左に寄せて車を止める。

ハザードランプを出すと同時に、細めにドアを開けた竜憲は、するりと滑《すべ》り出た。

慌《あわ》てて車を降りた大輔は、ちらりと後続車に目をやった。

明らかに、文句を言っていたという顔のドライバーが、慌てて目を逸《そ》らす。

見ただけで怯《おび》えられる外見も、たまには役に立つ。

大きな黒塗りの車から降り立った、日本人離れした大男。

それだけで怯える人間は多いのだ。

車の流れが変わったことを確認してから、前に回る。

「……大丈夫《だいじょうぶ》か？」

死んではいない。

だが、普通なら死んでもおかしくない状態だということは、ひと目で見て取れた。

「リョウ……」

「大丈夫。……助かるよ……」

顔を斑《まだら》に染めた血は、すっかり乾いている。

奇妙な方向に曲がった腕。

真っ白な顔は、骨折のショックだろうか。内臓の損傷は、もちろん素人《しろうと》に判るはずもないものだった。

どちらにしろ、大丈夫《だいじょうぶ》と言い切れるような状態ではない。

だが、竜憲はきっぱりと言い切った。

竜憲は、傷を見ているわけではないのだ。

生命力だけを見ていれば、診断を誤ることもないのだろう。

「後ろのドア開けて……」

「お前が運ぶのか？　その図体《ずうたい》を？　俺に任せろ。それより、三角表示出しといたほうがいい。……どうせこいつがいなくなったら、パイロンも看板も消えるだろう。……バイクは放っておくしかないしな……」

「あ……うん」

慌《あわ》てて、車の後部に回る竜憲を見やった大輔は、嘉神の横に膝《ひざ》を突いて、その顔を覗《のぞ》き込んだ。

うっすらと目が開く。

「よう……。生きてたか？」

「どうにか……」

そう、唇《くちびる》が動いた。

「水焔《すいえん》、火焔。ついてこいよ」

宙に命じてから、嘉神の身体《からだ》を抱えあげる。

大輔ほどではないが、十分に大男に分類されるだろう体格。

それを、軽々と運べる自分に、大輔は事態が逼迫《ひっぱく》していることを感じていた。

5

交通事故なんだから、とっとと病院に運んでしまえ。

そう言わなかったのは、どうしてだろう。

怪我人《けがにん》なのだから、医者に見せるのは当たり前だ。確かに、竜憲《りょうけん》が力を使えば、数段早く回復するだろう。単純な骨折なら、夕方には自分でバイクを回収に行けるぐらいには回復するに違いない。

竜憲自身は、自分の命を削《けず》ってでも、目の前の人間を助けようとするだろう。

だからこそ、大輔《だいすけ》は反対するのだ。

二月三月かかっても、回復するならそれでいいではないか。

それが普通だ。

心霊医療など、詐欺行為《さぎこうい》の最たるものというのが、常識なのだから、わざわざ竜憲が関わる必要はない。

「……くそ！」

そう言えたら、どれだけすっきりするか。判っていても、結局、見捨てることなどできない。

大道寺《だいどうじ》の家に運びこんだ嘉神《かがみ》は、客間で休んでいた。

修一《しゅういち》がいなくなってほっとしたのも束《つか》の間《ま》、今度は嘉神がいると思うと、うんざりする。まあ、兄ほど長居をするとは思えないから、まだ我慢《がまん》もできるが。

「……具合はどうだ？　風呂《ふろ》を沸《わ》かしてきたが……」

「なんや……若先生を生き神様て拝むおばちゃんの気持ちがよう判るわ……」

電話やテレビの異常は、嘉神と連絡を取らせないためのものだったらしい。

嘉神を連れてくると同時に、電源を切り忘れていたラジオが喚《わめ》き始め、テレビが番組をたれ流し始めた。

「元気そうだな」

「もうすっかり。死ぬ覚悟したのに、なんや、目ぇ覚めたら、どっこも痛《いと》うないし。キツネに摘《つま》まれたみたいや……」

「あんたに言われると、厭味《いやみ》に聞こえる」

「またぁ」

大輔の言葉など気にした様子もなく、嘉神は呑気《のんき》に笑った。

「だいたい大袈裟《おおげさ》なんだ」

「なんで」

「痛くないわけないだろ。……肩の肉なんか削《そ》げてんだぞ」

大きな傷は治っているかもしれないが、完治するまで竜憲の力を使わせるわけにはいかない。大輔が引き合いに出した肩の傷など、薄皮が張ったばかりというところだ。

もちろん、動くのに支障のないような傷には触れさせなかった。

確かに、骨折の痛みに比べれば、些細《ささい》なものかもしれないが。

「忘れとんのに言わんでや。聞いてもうたら痛《いた》ぁなる」

嘉神は泣き笑いのように顔を歪《ゆが》めた。

その顔で少しばかり溜飲《りゅういん》を下げて、大輔は手にした服を差し出した。

「……ほら、着替えを持ってきてやったぞ」

「あ……ありがとさん」

差し出した服を受け取った嘉神は、遠慮する気配もなくさっさと立ち上がる。

「風呂《ふろ》から出たら、傷の手当てしてやる」

「いい、いい。舐《な》めときゃなおる」

あまりにらしい言い草に、大輔は溜《た》め息《いき》を吐《つ》いた。

「なんやの？」

本当に舐めたら治りそうだ、と思ったとはさすがに言わずに、首を竦《すく》めてみせる。

「……手当てしないのはあんたの勝手だけどな。何があったのかくらいは話してくれるんだろうな」

「判る限りは。……なんせ、自分でもよう判らん……」

顔を見る限り、嘘《うそ》ではないようだ。

「風呂《ふろ》どこ？」

嘉神の顔から真剣な表情がふいと消えて、今度は興味津々《きょうみしんしん》という顔つきになる。

「こんな家の風呂ちゅうたら、やっぱ総檜造《そうひのきづく》り？　蒸し風呂《むぶろ》とか？」

やはり、この男は二、三か月病院に閉じ込めておくべきだった。言ったところで実現するはずもないことを、今さらのように心の中で愚痴《ぐち》る。

一人で探索を始めそうな嘉神を仕方なく案内して、風呂場まで連れていく。

「血やら泥《どろ》やら流せばいいんだからな……。風呂に浸《つ》かるなんて阿呆《あほ》うなことをするなよ」

「風呂、沸《わ》かしてくれたん違うの」

「暖房代わりだ」

「へぇへぇ、ご親切に」

嘉神はいい加減に頷《うなず》いて、風呂場を覗《のぞ》き込んだ。

「あ……普通……」

本気で残念がっている声に、苦笑を浮かべた大輔は、音を立ててドアを閉じた。

　まぁ、見張ってやるまでもないだろう。事故の原因は早く聞きたいところだが、野郎の入浴シーンを観察する趣味はない。

　さっさと出てきてくれることを祈るばかりだ。

「さて……」

　これで、少しは相手の正体に近づければよいのだが。

「あ……いた……」

　廊下《ろうか》の向こうから現れた竜憲は、小走りに近づいてきた。

「いいのか？　休んでなくて」

「え、別に平気だけど」

　言葉どおりなのかを探る大輔の視線に、竜憲はくすくすと笑った。

「ホントに大丈夫《だいじょうぶ》だって……この頃、後引かないのは知ってるだろ」

「まぁな」

　一応頷《うなず》いてみせる。

「嘉神さんは？　風呂？」

「そう。何か用か？」

「事務所のほうにバイクの始末頼んできたから。伝えとこうと思って」

「後でいい。……話を聞く時にでも言えばいいだろ」

素気《すげ》なく言い切って、竜憲を扉《とびら》の前から連れ去る。

「え？　いいの？」

「いいのって、何が？」

「風呂《ふろ》入ってんじゃないのかよ」

「血を洗い流してるだけ。……あんな頑丈《がんじょう》な野郎は心配するだけ、無駄《むだ》だって」

「なに言ってんの。危うく死ぬとこだったのに……」

そのとおりだ。

実際、出血はひどかったし、放っておけば確実に死んでいただろう。

それでも、傷そのものは単純だったのだ。腕がちぎれかけていたわけでもなければ、首が捥《も》げていたわけでもない。

「だが、死んでない」

「でも」

「マジにぴんしゃんしてるって。……廊下《ろうか》で待ってるのも間抜けだろ？　キツネもいるんだしな。この家の中から消えちまうまでいったら、俺らの手には負えないよ。大道寺家総動員だ」

「またぁ」

真顔で告げた大輔を、竜憲は呆《あき》れ顔《がお》で見上げる。

「そうだ。救急箱……」

露骨《ろこつ》に話題をすり替えて、廊下《ろうか》を歩く。

居間の前まで来てしまえば、さすがに竜憲も引き返すのは諦《あきら》めたようだ。

普通の傷の手当てぐらいは許可してやろう。

そんな不遜《ふそん》なことを考えながら、大輔は居間に入った。

ここしばらく使った覚えのない救急箱だが、中身はしっかり入っていた。念のために確かめた使用期限も、問題はない。

「……さすがだな、おふくろさん……」

息子が誰より優秀な〝呪医《じゅい》〟になったと判っていても、救急箱の中身のチェックは怠《おこた》らないようだ。

「見つかった？」

「ああ」

救急箱を掲げてみせた大輔は、そのまま客間に向かった。

「いいよ、俺がやるから。あんたも風呂に入れば？　血がついて気持ち悪いとか言ってなかったっけ？」

「そんなもの、とっとと洗ったさ」

不機嫌《ふきげん》に宣《のたま》う大輔を見上げて、竜憲は力ない笑みを浮かべた。

「……だからさ。そんなに警戒しなくても、無理はしないから……」

「判ってればいい。……新しいシーツ、出してくれるか？」

「……あ……。うん、判った」

ばたばたと走っていく竜憲を見送った大輔は、血で汚れたシーツを片づけるべく、客間に入った。

6

嘉神《かがみ》の蠱《こ》と越後屋《えちごや》は、反《そ》りがあわないらしい。

いくら霊《れい》を認識する猫《ねこ》でも、あくまでも餌《えさ》と認識するだけで、遊び相手ではないということだろう。

ちょっと残念な気もするし、蠱とじゃれ遊ぶほどの変わり者でなくてよかった、とも思った。やはり、猫は猫らしく、せいぜい虫や蜥蜴《とかげ》と遊ぶぐらいであってほしい。

「……なんや、やっぱし可愛《かわい》いなぁ……」

それでも、越後屋が恐ろしいのは、蠱のほうを追い出してしまうところか。

ごろごろと喉《のど》を鳴らしながら、嘉神に擦《す》り寄《よ》る越後屋は、満足げに怪我人《けがにん》の膝《ひざ》を占領していた。

嘉神の傍《そば》に纏《まと》わりついていた光は、越後屋と入れ違いに窓から逃げ出していた。

「ええなぁ……。エッちゃんぐらいやで、こないして懐《なつ》いてくれるの……。たいていの犬とか猫とかには、エライ嫌《きら》われるし……」

「エッちゃん、普通の人間は嫌《きら》いだからな」

ぼそりと宣《のたま》った大輔《だいすけ》は、ポケットから取り出した煙草《たばこ》を、元に戻した。

無意識に取り出したのだろう。そして、猫が煙草を嫌うということを思い出して、火をつけることを諦《あきら》めたようだ。

シーツを替えた布団《ふとん》の上で妙に寛《くつろ》いでいる嘉神を胡散臭《うさんくさ》げに観察しながら、大輔は苛《いら》ついた様子で救急箱の蓋《ふた》を指先で叩《たた》いている。

心の中を覗《のぞ》けば文句のオンパレードなのだろう。

くすくすと笑った竜憲《りょうけん》は、先日まで修一《しゅういち》が使っていた座椅子《ざいす》に体を預け、嘉神に視線を移した。

「……大丈夫《だいじょうぶ》ですか?」

「もうすっかり。風呂《ふろ》入ってさっぱりしたし……」

パジャマ代わりのバスローブの前が、だらしなく開いて、包帯《ほうたい》が覗《のぞ》いている。

別に、テープで固定してもいいのだが、かぶれるから嫌《いや》だといって、いちいち包帯を巻くことになった。

顔の傷は、そのまま露出させている。

「……で、どうしてあんなことになったんだ?」

やはり、大輔が先に切り出す。

事情聴取されるとは覚悟していたはずだ。

それでも大きく溜《た》め息《いき》を吐《つ》いた嘉神は、助けを求めるかのように、真剣に越後屋を撫《な》で始めた。

「好き好んであんなところで転がってたのか？　まさか、普通の事故じゃないよな。警察のお世話になりたくないから、工事中に見せかけてたなんて器用なまねをしたなんて言うなよ」

厭味《いやみ》たっぷりに宣《のたま》う大輔は、すり傷の残る嘉神の顔を見下ろしていた。

喋《しゃべ》りたいことではないだろう。

しかし、警察に事情を聞かれるよりは、ずっと楽なはずだった。何しろ、一般人が納得できる状況を作り上げるというのは、ひどく苦労するものなのだ。

「……それがなぁ。なんて言うか……。いきなり道路から腕が生えたんよ。マズイって思ったら、体がふっ飛んでもうて……。あれはタイヤ摑《つか》まれたんやろうなぁ」

「何を呑気《のんき》なことを……」

「そんなもんやて。バイクでふっ飛んだんや。一瞬、頭、真っ白になって、何も覚えてないて」

「けど、何があったのか、判っているんだろう？」

「そりゃあ、まあ……」

言いたくないのか、それとも説明するのが難しいのか、唇《くちびる》を引き結んだ嘉神は、越後屋の耳のつけ根を指先で掻《か》いていた。

猫の喉声《のどごえ》が大きくなる。

それでも、嘉神は手を離そうとはしなかった。

「いてっ！」

嘉神の腹を蹴《け》って、猫が飛び逃げる。

あまりのしつこさに、辟易《へきえき》したらしい。

「……エッちゃん、都合が悪くてもゴロゴロ言うから……。大丈夫《だいじょうぶ》？」

腹の傷を心配しているのだろう。腰を浮かせた竜憲は、包帯《ほうたい》を覗《のぞ》き込んだ。

「大丈夫、大丈夫。……乱暴やなぁ、エッちゃん……」

腹の包帯は、わき腹の傷を保護するためなのに、嘉神は大袈裟《おおげさ》に顔を顰《しか》めて、鳩尾《みぞおち》を撫《な》でていた。

と、うっすらとミミズ腫《ば》れが浮き出てくる。

痛みがあったのは、包帯の上の部分だったらしい。

「……道路から生えた手てのは、倉本《くらもと》の周りにいるヤツがやられたってモノか？」

「そんなん判らんて……」

しれっと宣《のたま》いながら、まだ腹を撫でている嘉神を、大輔が睨《にら》みつける。

「……ふざけるなよ……」

「ふざけてへんて……。実際、何があったか判らんのや。……タイヤ摑《つか》まれたんやと思うけど……。それはまず間違いないわ。いきなり体だけが投げ出されたし……」

顔を歪《ゆが》める嘉神は、右の側頭部に手をやった。

そう言えば、ヘルメットが削《けず》れていた。

「ヘルメットが、派手に削れていたよな。けど、バイクはすぐ横になかったか？」

「いちいち言いないな。……せやから判らんて言うてんやろうが」

ぶつくさと、口中で呟《つぶや》く嘉神は、バスローブの前をかき合わせた。

単に、だらしなく開いていた襟元《えりもと》を直しただけなのだろうが、妙に寒そうに見えた。

もちろん、実際に寒いわけではない。

心の寒気だ。

ひょっとすると、怯《おび》えているのかもしれない。

人を食ったような態度を取る嘉神だが、こんなに余裕がない様子は、初めて見た。

「手が見えただけなんですか？　正体は？」

落ち込んでいる嘉神をさらに追い落とすように、竜憲が問う。

とたんに、溜《た》め息《いき》を吐《つ》いた嘉神は、がっくりと肩を落として、首を左右に振った。

「嘉神さんを狙《ねら》ったんですよね」

「そうやと思うけど……」

力ない声が気にかかったのか、越後屋が再び近づいてきた。

そろりと、膝《ひざ》に乗る。

慰《なぐさ》めているつもりなのだろうか。

少なくとも、嘉神のほうは越後屋の存在を歓迎しているようだった。

「……情けない……。何も気づかんかってん……」

肉体のダメージだけが一瞬で回復するということは、いいことばかりではないようだ。

本当なら、肉体の痛みと闘《たたか》う間に、過去に移行してしまうものが、生々しい記憶とともに目の前に立ち塞がっていた。

「本当に何も判らないのか？」

嘉神とて、一流の霊能者《れいのうしゃ》だ。

襲ってきたものの正体が見極められないからといって、ここまでダメージを受けるのも不思議な気もしたが、生死に関わるような大怪我《おおけが》をした直後だと考えれば、判らないでもなかった。

「……妙な小細工《こざいく》をするヤツだったぞ……。パイロンと工事中の看板なんてものを使ってたしな……」

らしくないと思いながらも、大輔はとりなすように口を開いた。

「そうなんか……」

「救急車を利用するてのも、妙に手慣れてるよな……」

「……ああ……」

落ち込んだ嘉神が気にかかるのか、後ろ足で立ち上がった越後屋は、頬《ほお》を舐《な》め始めた。

「痛いて、エッちゃん……」

顔を背ける嘉神を、しつこく追いかけるようにして伸び上がる猫は、耳の前を舐めていた。

やがて、髪の毛を嚙《か》み始める。

「エッちゃん、やめろ！」

さすがに、止めようとして、大輔は腰を浮かせた。

「いたっ！」

嘉神が耳を押さえる。

「大丈夫《だいじょうぶ》か？」

顔を覗《のぞ》き込む。

顳顬《こめかみ》の毛が引っ張られて、痛みが走ったのだろう。記憶にある以上の傷は見当たらなかった。

「……大袈裟《おおげさ》だな」

「悪い……」

苦笑を浮かべる嘉神は、頬《ほお》を撫《な》でていた。

「違う……」

「え？」

いきなり、竜憲が口を挟んできた。

まるで、嘉神の回復ぶりを確かめるかのように、無言で観察していた竜憲が、ひどく切《せっ》羽《ぱ》詰《つ》まった声を出している。

「……大輔……。エッちゃんを……」

「あ？」

嫌《いや》な予感がする。

そろりと、越後屋を振り返ると、口元にミミズが見えた。

第三章　見守る目

1

サイレンのような悲鳴が、部屋に響き渡った。

一瞬で壁際に張りついた嘉神《かがみ》は、自分の顳顬《こめかみ》を乱暴に擦《こす》っている。

「あ……あれが……。あんなん……。ひ……ひぃぃぃ……」

どうやら、嘉神はミミズが苦手らしい。

仮にも霊能者《れいのうしゃ》の嘉神が、自分の身体《からだ》から化け物が出たからといって、ここまで怯《おび》える理由は、それぐらいしか思いつかなかった。

「嘉神さん」

慌《あわ》てて嘉神に近づいた竜憲《りようけん》が、静かに声をかける。

「嘉神さん……」

「あ……あ……」

竜憲の声が聞こえているのか、いないのか。嘉神はしゃがみ込み、いつまでも顳顬を擦っている。

「嘉神さん！」

声を荒らげるのとは裏腹に、柔《やわ》らかく嘉神の肩を抱き込む。

ぶつぶつと呟《つぶや》き続けていた嘉神が、ふいに黙り込んだ。

「嘉神さん……聞こえてます？」

宥《なだ》めるような、あやすような声音に、ちりちりと顳顬《こめかみ》のあたりに痛みが走る。

竜憲にとって治療でしかないのは判っていた。それでも、わけの判らない苛立《いらだ》ちが湧いてくる。

兄の修一《しゅういち》や、他の人間に関わっていた時には、感じなかった感覚だ。鴻《おおとり》に救いの手を差し伸べた時に感じた苛立ちとも少し違う。あれは、すでに憎しみの感情だった。

相手が、有能な霊能者《れいのうしゃ》だと判っているからだろうか。

そんな相手に、竜憲がわざわざ手を貸すのが気に入らない。

自分でも馬鹿馬鹿しいと思いながらも、越後屋《えちごや》からミミズを取り上げて、嘉神に押しつけてやろうか、などと考えている。

「……大丈夫《だいじょうぶ》なのか？」

「うん」

頷《うなず》くだけ頷いて、竜憲は嘉神を抱きしめている。

「どうする？　エッちゃん連れ出そうか？」

越後屋を捕らえたまま、大輔《だいすけ》は怖《お》ず怖《お》ずと伺《うかが》いを立てた。

気遣《きづか》わしげに嘉神を窺《うかが》う竜憲が、やがて、困ったように大輔と越後屋を見比べる。

「……いい、いい。もう、平気や」

答えを出したのは、嘉神だった。

力なく呟《つぶや》いた嘉神が、小さく頭を振る。

「本当ですか？」

心配そうな声にも、何か腹が立つ。

「ああ、驚いただけ……」

言って、大きく息を整えた嘉神は、縮めていた身体《からだ》を、のろのろと伸ばした。

ほっと息を吐《つ》いた竜憲が、ゆっくりと嘉神から離れる。

「……エッちゃん……エッちゃん……おいで」

嘉神の視界から遮るように、大輔の正面に近づいた竜憲は、見事なほどの猫撫《ねこな》で声《ごえ》で呼びかけ、手を伸ばす。

小さく首を傾《かし》げた縞斑猫《しまぶちねこ》は、押さえる力を緩めた大輔の手から、そろりと抜け出した。

「エッちゃん……」

一瞬、竜憲に向かって近づいた猫は、次の瞬間、方向転換して走り出した。少しだけ開いていた襖《ふすま》を体でこじ開けるようにして、廊下《ろうか》に飛び出していく。

「あちゃー」

情けない声をあげた竜憲が、慌《あわ》てて後を追う。

その後を追おうとした大輔を、視線で制して、竜憲は一人で客間を出ていった。

「……すまん」

半ば呆然《ぼうぜん》と竜憲を見送った大輔の背に、ひどく落ち込んだ声がかけられる。

霊能者《れいのうしゃ》ともあろうものが、大袈裟《おおげさ》に騒いでしまったことに恥じ入っているようだ。

「ミミズが怖いのか？」

「いや……怖いとかそういうのんとはちゃうんやけど……。ヘビとか、うなぎとかは平気やし……」

つまり、形状でも何でもなく、ミミズそのものが嫌《きら》いということらしい。

「自分、子供の頃、超音波聞こえたんよ。――ミミズて、超音波で鳴くやん」

奇妙な言い訳を始めた嘉神を、大輔は呆《あき》れ顔《がお》で見守っていた。

「あれ、ほんま思い切り煩《うるさ》いで……。誰に言うても信じてくれへんし……。ミミズ見るだけでムカムカしてたんが、見るのも嫌《いや》んなって……。おると判っとったらええんやけど、いきなし出てこられたらかなんわ」

早い話が、驚いただけだと言いたいらしい。

「けど、エッちゃん凄《すご》い特技あるんやな……」

「特技って言うか……。まぁ、おかげで、ずいぶん雑霊《ざつれい》は少ないみたいだがな……」

「せやな。けど悪いことしてしもた」

殊勝《しゅしょう》に詫《わ》びるあたり、本当に悪いと思っているらしい。

さすがに責めたてる気にもなれなくて、言葉を選んでいると、竜憲が帰ってくる。どうやら、越後屋は取り逃がしてしまったようだ。

もっとも、本気で逃げる猫を捕まえられるとも思えなかったが。

「……大丈夫《だいじょうぶ》ですか？」

客間に入ってくるなり、気遣《きづか》わしげに嘉神に近寄ろうとする竜憲を視線で押し止《とど》めた大輔は、開け放したままの襖《ふすま》を閉めた。

やはり、越後屋の姿はない。

「……どこかへ持ってったみたいだな。……で、あれは何だ？」

嘉神の前に、どかりと腰を下ろした大輔は、唇《くちびる》の端《はし》を引き上げた。

「さあ……」

「引っついてきてたんだよ。……バイクを止めたのもあれだと思う」

嘉神に代わって応じた竜憲は、ぎこちない笑みを見せて、溜《た》め息《いき》を吐《つ》いた。

「バイクを止めたって……。あれがか？」

十センチもないようなミミズ。

もちろん、本当のミミズではないが、嘉神の乗り回す大型バイクを止めたというのは、ちょっと信じられなかった。

「あれで全部じゃないとは思うけどね……」

「そうなん？」

ひどく真剣な顔で、嘉神が竜憲を見詰めた。

「引っついてきたん？　こっそり？　水焰《すいえん》にも火焰にもばれんと？」

人を食ったような笑みが浮かぶことが多い目が、落ち着きなく揺れている。

「……バイクを転《こ》けさせられるまで判らなかったんだろ？」

訊《き》き返してやると、嘉神は決まり悪げに大輔から視線を逸《そ》らした。

「そりゃ、まぁ」

「要するに、そうゆうモンだってことだ」

断じてやると、今度はちらりと大輔を盗み見る。

「きっついやっちゃなぁ」

「事実だろ？　……で、正体は何なんだ？　やっぱり、倉本《くらもと》の周りで起こることと関係しているのか？」

今度は竜憲に問う。

だが、竜憲は首を竦《すく》めた。

「判んないよ。確かめる間もなかったし……。どうせ、もうエッちゃんが食べちゃってるだろう？　今さら確かめようもないよ」

「……だな」

嘉神が調べているということで、ある程度安心していたのだろう。被害者だと訴える女が来てもあまり乗り気でなかったのは、嘉神を信頼していたからに違いない。

だが、嘉神が大怪我《おおけが》をしたということで、竜憲は自分が動く気になっているようだ。

口元にわずかに笑みを浮かべて嘉神を見詰める顔は、ぞっとするほど綺麗《きれい》だった。

「嘉神さん。救急車で運ばれる途中で亡くなったという方のことは調べたんですか？」

「ああ……もちろん。それぐらいしか怪しいのはないし……。けど、調べる言うても。本人はフツーのサラリーマンやし……」

「倉本さんとはどういう関係ですか？」

「同僚」

「……それだけですか？」

「同期やし、仲もよかったみたいやけど……。真矢《まや》ちゃんが失恋した時も、相談に乗ってたって言うし……」

「後釜《あとがま》を狙《ねら》ってたんじゃないのか？」

つい、口を挟んでしまった大輔を、嘉神が上目づかいに眺《なが》めた。

「それって、親父《おやじ》の発想やぞ。……よっぽどモテへん女か、親父しかそんなこと思わんらしいで」

どうやら、同じ失敗をしたらしい。

つまり、真矢の同僚の女たちにも会ったということだろう。

想像以上に嘉神が真面目《まじめ》に仕事をしていることを妙なことで確認した大輔は、頭の中に人物相関図を描き始めた。

「倉本を振った相手ってのは？　身近な人間に不幸が起こるって言ってたよな。一番身近だろう？」

「リストラ圧力でノイローゼ気味って話は聞いたんやけど。本人には会ってへん。結構会社の雰囲気が悪《わり》ぃみたいや……」

意外にも、ごく普通の調査結果だった。

昨今、ありふれた事情というヤツだ。

「倉本も、そいつはリストから外してんだな」

「そりゃあもう。……家の中で転んで、骨を折ったなんてのまで、自分のせいやて思うてるぐらいやから、ばっちり不幸リストにはいってるわ」

話を聞いていると、どんどん自意識過剰という気になってくる。

「怪しいのはその救急車の男だけか？」

「もう一人、おるにはおるけど……。一気飲みして急性アルコール中毒で死んだ言うんはねぇ……。本人が大丈夫《だいじょうぶ》や言い張って一人で帰ったらしんやけど、公園の便所で冷とうなってたんやて。……そう言えば、前につきおうてたカレシが、事故で死んだとかなんとか……。けどつきおうてたんはエライ昔の話みたいや……」

真面目《まじめ》に聞くのが馬鹿馬鹿しくなるような話だ。

それでも真剣に怯《おび》える女を竜憲に任せて、自分は一番怪しい件を探ろうとしたという嘉神の行動は、至極納得しやすいものだった。

「……その、酔っぱらいの名前と……」

電子音が鳴る。

ポケットから携帯電話を取り出した大輔は、ディスプレイに映った名前に眉《まゆ》を寄せた。

「……倉本だ……」

2

勤め始めて二年の女の一人暮らしと言えば、ワンルームマンションか、せいぜいで2K。そんな想像そのままの、変則のワンルームの部屋が、倉本《くらもと》の自宅だった。

三角形のフロアの一部が部屋として区切られ、そこが寝室らしい。

玄関から一段上がったフロアは、左手に小さなキッチン、右手にランドリースペースとユニットバスがあった。

収納にも掃除にも不便そうな変形の部屋だが、ビルの角を占めているだけあって、窓だけは大きく取られている。

突き当たりの壁には一間幅のテラス窓。

小さなテーブルと座椅子《ざいす》とクッションは、彼女の居場所らしい。横の壁をくり貫く大きな窓の下には、横倒しになったカラーボックスがあり、その上にビデオと一体型のテレビが載っていた。

「……倉本さん？」

だ。

本人から、家まで来てくれと言われて、道案内に嘉神《かがみ》まで連れて、男三人で訪ねたのだ。

鍵《かぎ》は開いていた。

だが、倉本の姿は見えない。

「すぐに来てくれって言われたのに……」

心配そうな竜憲《りょうけん》は、そろりとフロアに上がった。

「彼女、なんだって？」

「大道寺《だいどうじ》さんをお願いします。倉本です」と、それだけ言ったきり、倉本は押し黙ってしまった。

よほど大輔《だいすけ》を信用できないと思ったのか、竜憲でなければ話せないと固く思いこんでいるのか。

そう切羽詰《せっぱつ》まった声でもなかったので、逆らうほどでもないと思った大輔は、竜憲に電話を渡したのだ。

まさかすぐに訪ねることになるとは思わなかった。

「……会社じゃないのか？」

「うん。会社からだったけど。とにかく家に来てくれって……」

「それで、鍵もかかってないのか？　不用心だな」

言いながら、フロアに上がる。

「泥棒《どろぼう》より何より、変な男が上がりこんだらどうするんだ？　セキュリティーなんてないも同然のマンションで……」

「……そうだね……。真矢《まや》さん。大丈夫《だいじょうぶ》？」

部屋に上がりこんだ竜憲は、大きなテラス窓を開けた。

「大丈夫ですか？　大道寺です。……嘉神さんも来てますけど……。嘉神さんだと話せますか？」

テラス窓の外は、小さなベランダになっている。

そこに、倉本はいた。

竜憲の言葉に、嘉神が飛んでくる。

「なんやて！　真矢ちゃん？　いてるん？」

これ以上小さくなれない、というぐらい小さく体を丸めた人がいた。

「真矢ちゃん？」

嘉神がベランダに出る。

「どうしたん？」

「嘉神さんっ！」

ばっと、倉本が嘉神に飛びついた。

その瞬間、嘉神の身体《からだ》が強張《こわば》るのが見える。

命に関わるような傷は塞《ふさ》がっていても、すり傷はそのまま残っているし、痛みもあるはずだ。

その身体に、何の遠慮もなく飛びつかれたのでは、悲鳴もあげたくなるだろう。

「どうしたん？　何があったん？」

痛みを堪《こら》えて猫撫《ねこな》で声《ごえ》を出す嘉神は、倉本を抱えたまま、部屋に戻ろうとした。

「いや！　いや！」

ところが、金切り声をあげる女は、その場から動こうとしなかった。

「いるのよ！　そこに！　ガスのところに！」

怯《おび》えた声を出す女は、震える手で室内を示した。

体を伸ばし、目を細めてガス台を見据《みす》える大輔は、内心で溜《た》め息《いき》を吐《つ》いた。

もちろん、そこにはなにもない。

怯《おび》えなければならないようなものがいた痕跡《こんせき》もない。

倉本が怖がっているものがゴキブリだというのなら理解もしてやろう。だが、幽霊《ゆうれい》というのはどうしても信じられなかった。

廃墟《はいきょ》に幽霊が住みついているなどと言って、大騒ぎしている連中となんら変わらない。

それどころか、周りにいる人間まで、自分のせいで霊障に遭《あ》っているなどと宣《のたま》うとは、とんでもない自意識過剰だ。

「……倉本さん？　何を見たんですか？」

窓辺に座り込み、なるべく落ち着いた声を出す竜憲。

彼にも、何も見えていないらしい。そこにいるのなら、依頼人にも判るように派手に祓《はら》うというのが、一番手っ取り早い方法なのだ。

とにかく、落ち着いてもらわないことには話にならないのに、倉本は渾身《こんしん》の力で嘉神にしがみついていた。

「幽霊《ゆうれい》よ！　幽霊！　どうして見えないの！　霊能者《れいのうしゃ》よね！　一番頼りになるって！　変な宗教を押しつけたりしないし、詐欺《さぎ》でもないって言ってたわ！」

なるほど。そんな基準で霊能者を選ぶらしい。

今さらのように、一般人の感覚を思い知った大輔は、嘉神の肩に顔を伏せたまま、指でキッチンの方向を示している女を見詰めていた。

「倉本さん……」

竜憲の声など、耳に入っていないようだ。倉本は必死の声で喚《わめ》く。

「やっつけて！　お祓いしてよ！　あいつ、会社にも出たのよ！」

それでも必死で平静を保とうとしていたのだろう。会社の人間に知られたくないとか、家族には知られたくないとか。

霊障《れいしょう》で相談してくる人の大半は、それを隠そうとするものだ。霊能者を、泣き言を言ってもいい相手だと決めつけると、こうして子供のように泣き喚《わめ》く者もいた。

「……倉本さん。……落ち着いてください。……大丈夫《だいじょうぶ》です……」

倉本の肩に手を回して、嘉神から引き離す。

「何を見たんですか？　まだいますか？」

「いたのよ！　あそこに！　ガスのところにいたの！」

今現在、いるとかいないとかいうことは、問題ではないらしい。

竜憲の手を振り払い、嘉神に抱きつこうとする女は、ただひたすら怯《おび》えている。

「……小柄なお婆《ばあ》さんですよね？」

「え？」

ゆっくりと、倉本が顔を上げた。

「若草色の着物を着たお婆さんでしょ？」

焦《じ》れったいほどゆっくりとして瞬《まばた》きが二度。

化粧が崩れた顔の、乾いて黄ばんだ目に、じわりと涙が滲《にじ》んできた。

「……幽霊って言えば幽霊だけど、怖いものじゃありませんよ」

「……だって……会社の……応接室の窓のところにいて……」

声も湿《しめ》っている。

恐怖のために、泣くこともできなかったらしい。喚《わめ》き続けた喉《のど》は、よほど干涸《ひから》びていたのだろう。発作《ほっさ》のような咳《せき》に襲われた倉本は、何か喋《しゃべ》ろうとしては、苦しげに咳《せ》き込んでいた。

「……落ち着いて……。大丈夫《だいじょうぶ》だから……。大輔、何か飲み物を……」

「判った……」

キッチンコーナーに立った大輔は、鍋《なべ》もケトルもないことに気づいた。ガスレンジは、使われた形跡もない。

「冷蔵庫、開けますよ」

小ぶりな2ドア冷蔵庫を開けると、予想通り、飲み物しか入っていなかった。

アルコールよりは水のほうがましだろう。

そう決めた大輔は、ミネラルウオーターのボトルを引き出した。

「はいよ」

少しは落ち着いたのか、軽く会釈《えしゃく》してボトルを受け取った倉本は、喉を鳴らして水を飲んだ。

けほけほと咳をして、もう一度水を含む。

「……すみません……」

まともに説明したわけでもないのに、女は落ち着きを取り戻している。

おそらく、竜憲は嘉神から引《ひ》き剝《は》がした時に、術を使ったのだろう。

怯《おび》えていたら、風の音も化け物の呻《うめ》き声《ごえ》に聞こえるものだ。

「……お婆《ばあ》さんは、倉本さんを見守っているんですよ。母方のひいお祖母《ばあ》さんだと思いますけど……」

「え？　……守護霊《しゅごれい》……なの？」

あっさりと、守護霊という言葉が出てくるところが笑える。

「……そうですね」

笑みを浮かべる竜憲を、倉本は不審げに見詰めていた。

3

「……小林《こばやし》さんのところにも、梅沢《うめざわ》くんのところにも……渋谷《しぶや》さんのところにも……。お婆《ばあ》さんが現れたって……。それって、本当に守護霊《しゅごれい》なんですか？」

ガスレンジを全く使わなくても、温かいコーヒーをいれることはできる。

コーヒーメーカーを使うのではなく、電気ポットの湯で、インスタントコーヒーを溶《と》かしたのだ。

味気ないが、ミネラルウオーターよりはましだろう。

コレクションなのか、一点ずつ無闇《むやみ》に数のあるマグカップの中から、勝手に使わせてもらったカップがそれぞれの手の中にある。

客にコーヒーをいれさせることに、何の疑問も感じないのか、倉本《くらもと》はカップを抱え込んで、自分の定位置らしい座椅子《ざいす》に収まり返っていた。

まだ、不安はあるらしいが、守護霊と聞いて落ち着きを取り戻すあたり、本当に実害といえるものはなかったのだろう。

問いたげな目は、竜憲《りょうけん》と嘉神《かがみ》の間を彷徨《さまよ》っている。

「……あのばぁちゃんが、守護霊《しゅごれい》ちゅうか、守りしとるっちゅうのはホンマや。他人んとこに行ったんは、多分、真矢《まや》ちゃんがそん人たちのこと気にしとったからやと思う」

竜憲の代わりに、嘉神が答える。

「そういうものなんですか？」

竜憲にさらに訊《き》き返した倉本の顔には、半信半疑と露骨《ろこつ》に書いてあった。

本当にそう思っているかどうかは知らないが、竜憲がきっぱりと頷《うなず》く。

「ええ」

ふと考え込んだ倉本は、両手で包み込んだカップを口元に運んだ。

やがて、ひどく言いにくそうに口を開く。

「……でも……」

「不安なのは判ります」

実際、彼女の場合、不安が総《すべ》てだろう。

たとえ、周りで何が起こっているにせよ、今のところ彼女自身にはまだ何も起こっていないのだから。

「でも……」

何とも煮え切らない返答に、大輔《だいすけ》は思わず口を挟んだ。

「そんなに不安なら、大道寺《だいどうじ》に来ればいい。雑魚《ざこ》は入ってこれないし、ここじゃあ四人で顔を突き合わせるには狭すぎるだろう」

大輔の言葉に込められた皮肉に、竜憲は微《かす》かに眉《まゆ》を顰《ひそ》めたが、当の倉本は気づいてもいないようだ。

それでも、大輔の提案には賛成らしい。否定することはなかった。

とりあえず、目の届くところにいてもらえれば、ここまでばたばたとしなくてもすむ。

嘉神の言う何かがどんなものかは判らないが、どう贔屓目《ひいきめ》に見ても、守護霊《しゅごれい》だの守護天使だのという友好的なものではないだろう。

彼女を直接狙《ねら》っていると言い切れないのかもしれないが、彼女が何かしら関わっていることだけは確かなのである。まるで関係のないことで、嘉神があんな目に遭《あ》ったのなら、それは悲劇を通り越して、喜劇かもしれない。

タイミングがいいというべきか、よほど迷っているらしい倉本を、竜憲と嘉神が説得し始めるのを横目で見ながら、温《ぬる》くなり始めたコーヒーを一気に飲み干す。

今のところ、大輔の頭の中を占めているのは、どうすれば、さっさと片づくか、だ。

嘉神を狙ったという事実を、倉本の周りにいる者を狙った、と言い換えることができるかどうか。

問題はその一点に尽きる。

先日のカリスマロッカーが狙《ねら》われた事件と違って、今回の敵は見境がないらしい。

倉本に関わっただけで、命を狙われるというのは、あまりにも不自然だ。

ところが、嘉神を含めた犠牲者たちを繫《つな》ぐものが倉本しかいないというのも、覆《くつがえ》しようのない事実だった。

「……じゃあ、せめてこの週末だけでも……」

「そうしたほうがええて。……このままやったら、真矢ちゃんが気になって、自分もよう動けへんし……。そうして？」

どうやら、倉本が気にしているのは、会社のことらしい。

そのあたりが、普通の幽霊話《ゆうれいばなし》と違うところだ。

ひいお祖母《ばあ》ちゃんの影に怯《おび》える程度だからこそ、会社のことまで頭が回るのだろう。

確かに、この不況では気軽に転職などできないだろうが、命が危ないとなれば、逃げることしか考えられなくなるものだ。

つい三十分前までの取り乱しようが噓《うそ》のように、会社の心配をする倉本を眺《なが》めて、大輔は内心で溜《た》め息《いき》を吐《つ》いた。

「いざとなったら、大道寺から通えばいい。嘉神、車の運転できるよな？　ボディーガード代わりで、送り迎えしてやれよ」

急に口添《くちぞ》えをした大輔を、嘉神は一瞬、驚いたように眺めた。

「え？　それはええけど……」

「目立ちたくないって言うんなら、沿線の駅まで送るだけでもいいだろう。……ちょっと早起きすることになるだろうが……」

これで、まだ抵抗するようなら、嘉神の件は偶然だと決めつけてやる。

苛立《いらだ》ちも顕《あらわ》に、倉本を睨《にら》み据《す》えた大輔を宥《なだ》めるように、竜憲が目くばせした。

「……この土日で、調べられるだけ調べよう。何だったら、鴻《おおとり》に護符《ごふ》を作ってもらえばいいだろう」

「せやな……。うん。せやせや」

敵の正体もわからないのに、護符を作ることなどできるはずもない。それくらいのことは、大輔にも判るようになっている。

だが、二人の霊能者《れいのうしゃ》が動きやすくするためなら、この程度の嘘《うそ》など簡単に口から滑《すべ》り出した。

「そうだね。……できれば被害に遭《あ》ったって言う人の話も聞きたいし……。明日にでも付き合ってほしいんだけど」

「……わかりました」

ようやく、女が頷《うなず》いた。

もともと、警戒心の強い女にしてみれば、それだけでも勇気のいる決断だったかもしれない。まぁ、幽霊《ゆうれい》より生身の男のほうが恐ろしいという感覚は、判らないでもなかったが。

無言で立ち上がった大輔は、全員のカップを集めて、シンクに運んだ。

こんなところでいつまでも時間を潰《つぶ》すつもりはない。

手早くカップを洗って、後ろを振り返った大輔は、のろのろと荷物を纏《まと》めている女を眺《なが》め、溜《た》め息《いき》を吐《つ》いた。

寝室との仕切りを開け放したまま、箪笥《たんす》とベッドの間を何度も往復している。

女の荷物は、細々としたものがやたらと多い。

昔は、それなりに余裕をもって、女の支度《したく》を待つこともできたのに、今は苛立《いらだ》つだけである。

現実問題として、付き合っている彼女の手際の悪さなら笑って許せるし、時間をかけて衣装を選ぶのも、自分の服装に合わせていると思えば微笑《ほほえ》ましいものだろう。しかし、何の興味もない女がやっていると、手際の悪さばかりが目についた。

「大輔……」

ベランダに出た竜憲が手招きする。

「あ？　……ああ……」

煙草《たばこ》を銜《くわ》えた竜憲が、力ない笑みを見せる。

「苛々したってしょうがないよ」

「……ホンマ。まあ、腰を落ち着けて、じっくり待たんと……」

煙草《たばこ》を吸わない嘉神までもが、竜憲に付き合ってベランダに出ている。

「実際、ウチのおふくろも、たいがいトロイからな……。出勤する時は手早いのに、どうして旅行っていうと、ああも手間取るのかね……」

男の井戸端会議で時間を潰《つぶ》すしかなさそうだ。

煙草を取り出した大輔は、竜憲の手元の携帯灰皿に目を留めて、小さく笑った。

買い物に出た時に目についた、越後屋《えちごや》に似た猫の模様が付いた灰皿。つい、衝動買いをして竜憲にやったのだが、いつになく気に入ったらしく、常に持ち歩いている。

まるで彼女が自分のプレゼントを常に持ち歩いてくれているかのように、嬉《うれ》しい。

竜憲にそんな気はさらさらないと判っていても、所有の印《マーキング》だと考えてしまう。結構情けない感覚だが、そんなことででも気を晴らさないと、勝手に肥大していく独占欲で、傍《そば》に寄ってくる男総《すべ》てを排除したくなった。

「……ウチのおばちゃんもそうやな。一泊旅行くのに、三日も前から用意してるし」

ぼそりと応じた嘉神に、竜憲が興味津々《きょうみしんしん》と言った顔で覗《のぞ》き込む。

そう言えば、嘉神のプライベートなど、何も知らない。聞いてみたくなる気持ちも判らないでもなかった。

「おばちゃん？　お母さんのこと？」

「ちゃうちゃう。……昔、師匠《ししょう》の世話んなったとか言うて、家政婦みたいなことしてくれてはる人がおんのよ。おばちゃん、もうバリバリの関西弁で、自分、元々関西弁やのに、どんどんキツなるわ……」

なるほど、最初はこれほどではなかったのが、会うたびに関西訛《なま》りがきつくなるはずだ。

思わぬところで事情を知った竜憲が、楽しそうにくすくす笑っている。

たったそれだけのことが、妙に気に障《さわ》った。

「彼女に霊障《れいしょう》あるか？」

嘉神の耳元に顔を寄せて問う。

「ない。……だから困ってるんだけどね……」

嘉神に視線を転じる。

「せやから、お守りだけして欲《ほ》しいて言うたんよ……」

こんな状況になっても、まだ倉本は無関係に見える。

そんなはずはないと、すり傷だらけの嘉神の顔が証明している。それなのに、この緊迫感のなさは何だろう。

「……参ったな……」

「……ほんま……」

顔を見合わせて、溜《た》め息《いき》を吐《つ》く。

なにひとつ情報がないのでは、動きようがない。

何しろ、唯一のまともな手がかりを得るチャンスだった嘉神の事故でさえ、尻尾《しっぽ》を摑《つか》ませないような相手なのだ。

「そういや、タイヤを摑まれたとか言ったよな」

「……そんな気がしただけやけど……」

「バイクを見れば何か残ってるか？」

ぼそりと訊《き》いた大輔を、竜憲と嘉神が見上げる。

「真矢ちゃん、悪いけど急いでくれる？　急いで調べなあかんもんが出たんよ」

大輔の目を見据《みす》えたまま、嘉神が声を張り上げた。

「一応、電話しといてくれる？」

「ああ……」

携帯電話を取り出した大輔は、回線が繫《つな》がると同時に流れ始めた音声に、思い切り眉《まゆ》を寄せた。

「……使われていないだと？」

「真矢ちゃん！　あかんわ。めっちゃ急がなあかんなった。後で大道寺に来てくれる？」

ばたばたと、三人の男が玄関に向かう。

「あの！」

「できたんか？　せやったら、一緒に行こ」

巨大なバッグは、手当たり次第に、荷物を詰め込んだせいだろうか。

重そうなそれに目をやった大輔は、無言でひったくった。

「おーお、フェミニストやなぁ」

緊張感のない嘉神の言葉を無視して、エレベーターに走る。

別に、重そうだから荷物を持ってやったわけではない。これ以上、一秒でも手間取りたくないからだ。

案の定、鍵《かぎ》をかけるのに手間取っている女を見やって、大輔は心中で呪《のろ》いの言葉を吐《は》いていた。

4

ぴたりと扉《とびら》を閉めた門が目の前に聳《そび》え立《た》っている。

見慣れた門も、こうなるとてつもなく威圧感があった。普段は閉じていることがないだけに、緊迫感も手伝ってなおさらだ。

「……あの……」

倉本《くらもと》もそれを察したのか、不安そうな声をあげる。

「嘉神《かがみ》さん、倉本さんと車に残っててもらえますか？」

「ええよ……」

「お願いします」

頭を下げた竜憲《りょうけん》は、ゆっくりと門に歩み寄った。

通用口の扉に手をかける。

案の定、扉はびくともしなかった。

電話が通じないには、それなりの理由があるらしい。

「……こうなると、結構面倒だな。鍵《かぎ》さえありゃ、外からでも開けられるってのとは違うしな……」

「打ち壊す気になったら、何の役にも立たないのが、昔の日本の家だって言ってなかったっけ？」

とぼけたことを訊《き》いてくる竜憲を、ちろりと睨《にら》む。

「普通の民家の話だよ。……こんな、武家屋敷みたいな門は、別だろうが。……けどまぁ、乗り越えるのは簡単だな……」

塀《へい》のほうに移動した大輔《だいすけ》は、思い切り飛び上がった。

塀の上部に手をかけて、そのまま乗り越える。

どうやら、普通に内側から閂《かんぬき》をかけているだけらしい。

待つまでもなく、扉は音を立てて開かれた。

「何があったんだか……」

苦笑を浮かべた大輔が、手を差し伸べる。

「え？」

「入るんだろ？」

何かおかしい。

奇妙な違和感がある。

だが、異常があるのなら、そのまま向き合ったほうがいいだろう。このままでは、何ひとつ手がかりも摑《つか》めないまま、時間だけを浪費することになるのだ。

「……どうして閉めてたんだろう」

「さあな。何か来たんじゃないか？　ずいぶん慌《あわ》てて閂《かんぬき》をかけたみたいだぞ」

庭の様子は見慣れたものだ。

だが、車庫に通じる砂利《じゃり》が、ひどく乱れていた。

車寄せ代わりに使っているスペースなので、普通の砂利道とは違い、一度ローラーを掛けて踏み固めてある。それだけに、土が露出するほど乱れるということは、滅多《めった》になかった。

「……リョウ……」

甘ったるい声を出す大輔が、肩に腕を回してきた。

そういえば、恋愛感情を抱いていると、告白されたことがある。

忘れてしまえる自分が異常なのだろうが、何事もなかった顔で傍《そば》にいる大輔も、かなり根性がすわっている。

何かのタイミングで、ひどく思い詰めた顔で自分を見詰めることもあったが、すぐに笑いに紛《まぎ》らわせてしまっていた。それがどれほど残酷《ざんこく》なことか、改めて考えないと気づかないほど、神経が鈍くなっているようだ。

本当ならば、自分の鈍さを反省すべきなのかもしれないが、とりあえず、それは今ではない。

「……バイク、あそこに置いてあったよね……」

だから、気づかぬふりで、車庫のほうを示す。

大型車が三台並んでも、まだ余裕がある車庫は、片隅《かたすみ》にタイヤや掃除の道具が置かれている。

その前に、半分潰《つぶ》れたバイクは置かれていたはずだ。

「バイク？　……ああ、嘉神のか……。そんなもの、どうでもいいだろう？」

「よくないよ。あれしか手がかりは残ってないんだから」

「どうしてあんなヤツを気にするんだ？」

「嘉神さんのことじゃないだろ？　バイクを止めた犯人を捜《さが》してんじゃないか。……あんたがバイク見れればなんか判るかもって言ったんだよ」

するっと、腕が肩に回される。

耳朶《じだ》に舌を這《は》わし、楽しげな笑い声が胸板を震わせていた。

「……素戔鳴《すさのお》？」

「誰だ、それは……」

背後から両腕を回してきた大輔は、胸の中に竜憲を捕らえていた。

ひょっとすると、女と付き合っていた頃も、こんな甘ったるい恋人を演じていたのだろうか。

記憶にある大輔は、どんな女と付き合っている時も、やたらと余裕を見せていただけに、妙に信じられない気分だった。

「放せよ……」

逆らう気はない。

だが、このまま恋人の真似事《まねごと》をしていても、事態が打開されるとは思えなかった。

「大輔、放せって……」

「もう少し。……いいだろう？」

何が起こったのか。

塀《へい》を乗り越えただけのはずだが、その間に何かあったはずだ。

大輔の感覚を狂わせる何か。

もしくは、記憶を混乱させる何か。

「倉本さんの件を調べなきゃ。……月曜日までには片づけたいじゃないか」

「倉本？　あんな女放っておけ」

どうやら、記憶は混乱していないらしい。

「ダメだよ。……いつ彼女が標的になるか、判らないじゃないか」

「構わないだろ？」

もともと、竜憲が戦うことに反対していた大輔だ。それでも、霊能者《れいのうしゃ》という職業に伴う責任を、理解してくれていると思っていた。

だが、それは幻想だったらしい。

「大輔。バカなこと言ってないで……」

がっしりとした腕を軽く叩《たた》く。

どうしたわけか、こうすれば、解放してくれると、判っていた。

力で逆らおうとすれば、意地になって力を込めてくる腕。

だが、一瞬でも竜憲のほうから体を預ければ、渋々《しぶしぶ》でも、腕を解《と》いてくれるのだ。

そして、竜憲の期待どおり、腕は解かれた。

「……大輔……」

ゆっくりと振り返り、大輔の顔を見上げる。

目を見開き、自分の手を見据《みす》える大輔。

「ひょっとして、素戔鳴に操られてた？」

にっと、笑ってやる。

「大丈夫《だいじょうぶ》だよ。……実は、結構夢の中でべたべたされててさ……。慣れてるから……」

酸《す》っぱいものでも口に入れたかのように顔を歪《ゆが》めた大輔は、きゅっと唇《くちびる》を引き結んだ。

口にして初めて、竜憲はそれが事実だったということを、認識していた。

夢の中で、ただ、抱きしめるだけの腕を、何度も感じた。

素戔嗚の腕だと信じていたが、大輔の意識も重なっていたのかもしれない。

「……正気に戻った？」

「正気？」

「……だから……。どうして帰ってきたか、覚えてる？」

「……ああ……」

本当だろうか。

足元の砂利《じゃり》が乱れていることも、バイクが見当たらないことも、異変と言えば異変だ。

だが、大輔の根本が変わっていないのならば、どうとでもなるだろう。

「見捨てたりしないよな……」

大輔の腕を摑《つか》み、顔を見上げる。

「見捨てる？」

「……なら、大丈夫《だいじょうぶ》だ……。調べよう。……まず、道場だ……」

腕を摑んだまま、道場に向かう。

「おい、リョウ！」

大丈夫だ。

大輔の本質に変わりはない。
自分に言い聞かせながら、竜憲は道場に向かっていった。

5

「どうなさいました？」

事務所から、顔を出した鴻《おおとり》。

「バイクが見当たらないんだけど……。鴻さん知らない？」

平然と問う竜憲《りょうけん》。

だが、鴻は人の姿はしていなかった。

長い身体《からだ》をのたくらせて現れた蛇《へび》は、いやらしげな二股《ふたまた》に分かれた舌を覗《のぞ》かせている。

「バイクですか？」

「そう。……嘉神《かがみ》さんを結界に封じたものの正体が判るかなと思って……」

「車庫に入っている筈《はず》ですが……」

普通に会話をする竜憲と蛇。

腹の底から湧《わ》き上がる怒り。

どうしてか、蛇の姿の鴻を目にすると、常には感じない怒りや嫌悪感をことさらに感じる。

だが、大輔《だいすけ》はそれを慎重に内心に押し込めた。

「……おかしいな……」

「あるはずですよ。簡単に動かせる状態ではないはずですし」

「そっか……。鴻さん、見たんだよね。何か気づかなかった？」

「すみません。報告を受けただけで、私自身、確認していませんので……」

会話を続けながら、二人が車庫に向かう。

その後を追う大輔は、周囲の気配を窺《うかが》っていた。

何か、ある。

奇妙な違和感は、大輔の神経をぴりぴりと刺激し続けていた。

今さらのように、竜憲に正気を疑われた理由が判る。

自分の目がおかしいのか、竜憲の感覚のほうがおかしいのか、とにかく何かが異常なことだけは確かのようだ。

そう思い始めると、総《すべ》てに違和感を感じる。

いつもと変わりなく見える風景に、普段と変わりのない竜憲と鴻の会話。改めて比べることなどないだけに、些細《ささい》な差違なら気づかないかもしれない。

敢《あ》えてあげるなら、門が閉じていたことくらいだろうか。

「……砂利《じゃり》がこんなになっちゃったのは、バイク動かしたせいかな？」

竜憲の思いもかけぬ言葉に、大輔は足元を見回した。

何が〝こんなになった〟なのだろう。

見た限り、異常なところは何もない。見慣れた玉砂利《たまじゃり》が敷き詰められているだけだ。

「リョウ……」

「なに？」

呼びかけに即座に振り返った竜憲に、少々わざとらしいと思いながらも、触れてみる。

幻《まぼろし》の竜憲を見ているわけではないようだ。

指先は確かに、彼の肩に触れた。

「大輔？」

「い……いや。すまん。……ちょっと……」

慌《あわ》てて、肩に触れた手を引っ込め、口籠《くちごも》る。

何と言ったらいいのだろう。

ただでさえ、正気を疑われたらしいのだ。竜憲の言葉が正しければ、確かに今の自分は正常ではなかった。今見ている平素と変わらぬ風景は、偽物《にせもの》なのかもしれない。

そして、おそらくは、竜憲の見ているもののほうが真実に近いだろう。

「……鴻……」

嫌悪感《けんおかん》を呑《の》み込んで、蛇《へび》に呼びかける。

「どうしました？　姉崎《あねざき》さん……何か？」

表情など読みようもない蛇《へび》の顔なのに、通常なら察するのも難しい露骨《ろこつ》な戸惑いが声音から感じ取れる。

「え、ああ。……どうして門が閉じてたんだ？」

思い切って訊《き》く。

「門がですか？」

問いで返されれば、さらに訊き返す気にもならない。

要するに、鴻は門が閉じていたことを知らないということだ。

「知らなかったんだ……」

竜憲もこれには驚いたらしい。

「バイクが消えたのと関係あるのかな」

呟《つぶや》いた竜憲に応じた鴻の声は、やはり自信なげだ。

「そうかもしれませんね」

「調べられると困るヤツがいるようだな」

これだけははっきりしている。

単純な盗難と判断するには不自然すぎる。壊れたバイクを、わざわざ人の家から持ち出す者もいないだろう。

「……鴻さんに報告したのは誰？」

「大下《おおした》さんです。……バイクの引き取りの手配をしてたのが、彼ですので」

「てことは、バイク見たんだよね。何か言ってなかった？」

「何も。……彼は事務仕事をされる方ですからね」

「あ……そうか」

何かしらの修行している者ばかりが、ここで働いているわけではない。中には普通の仕事をするために、ここにいる者もいる。

「連絡してみますか？　家にいると思いますが……」

「いいよ。そこまでしなくても……それより、バイクを探そう」

「そうだな。それが一番早そうだ。どうせ、電話は通じないだろうからな」

大輔の言葉に、竜憲と鴻が黙り込む。

やがて、鴻が車庫を振り返った。

「……まさか、消えてしまうとは思いませんでしたね」

鴻が、珍《めずら》しく言い訳とも弱音とも取れることを口にする。

それでも、この蛇《へび》に頼るのが、得策らしい。

ずるずると這《は》い進む蛇に眉《まゆ》を顰《ひそ》めながらも、大輔はその後に続いた。

駐車スペースの前に顔を突き合わせて、何もない地面を見詰める。

もちろん、大輔の目には枯れ葉の一枚も落ちていない玉砂利《たまじゃり》しか見えない。

すでに、自分が見ているものがまやかしであることには、気がついていた。正当な霊能《れいのう》者《しゃ》二人には、一体何が見えているのだろう。

自分から口を開くわけにもいかず、大輔はどちらかが口を開くのを待った。

「ここにあったんですね」

「おそらく」

どうやら、痕跡《こんせき》はあるらしい。

多数決が総《すべ》てとは言わないが、やはり今は彼らのほうが正しいと思ったほうがよさそうだ。

「何故《なぜ》判る？　俺には何も見えないぞ」

「え⁉」

思ったとおり、竜憲は露骨に驚いてくださった。

「……言っとくが、俺にはいつもどおりの綺麗《きれい》な砂利しか見えない。……ついでに言うと、鴻も蛇《へび》にしか見えない。——理由は訊《き》くなよ。目が変になってるらしい」

竜憲は困ったように口元を歪《ゆが》めたものの、敢《あ》えて問《と》い質《ただ》しはせずにその場にしゃがみ込んだ。

「砂利が剝《は》がれちゃってる。砂利がほとんどなくなって、土が剝《む》き出《だ》しになってるんだ」

どうやら、見えるものを説明してくれるらしい。

「それが、ちょうどバイクの大きさってことか？」

「さぁ……そんなもんかな」

「他には？」

「門のところから、あちこち砂利《じゃり》がなくなってるんだよね。……なんか……そうだな。巨人の足跡って感じ？」

「馬鹿言ってるな……そいつがバイクを引《ひ》っ摑《つか》んで持ってったってのか？」

呆《あき》れ顔《がお》で応じると、竜憲も苦笑した。

「だよねぇ」

「竜憲さん！」

不意に、鴻が叫《さけ》ぶ。

「なっ！」

次の瞬間、大輔にもそれは見えた。

玉砂利の中から、無数の腕が突き出される。

しゃがみ込んでいた竜憲の首を、そのうちの一本が摑んだ。

「リョウ‼」

竜憲を捕らえた腕を薙《な》ごうとしたが、大輔の手には何も現れない。

こんな時には、意識せずとも手の中に現れた剣が、影も形もないのだ。

「姉崎さん！」

戸惑う間もなく、鴻の叫《さけ》びに促《うなが》され、竜憲を捕らえる腕を摑《つか》む。

恐ろしく硬い。

ブロンズ製の手。いや、鋼鉄の腕。それが一番近いだろう。

びくともしないそれが、じわじわと地中に引き戻されていた。

「ちっ……手を貸せ！」

蛇《へび》に怒声を浴びせる。

その赤い目が、強く光ったような気がした。

胴が大きく伸び上がると、次の瞬間、頭から落ち、そのまま、地中に矢のように突き刺さる。

ほんの一呼吸おいて、地面が細動し始めた。

地中に戻ろうとする腕の動きは、ぴたりと止まる。

代わりにゆっくりと上がってくるようだ。

恐ろしく長い時間のような気もしたし、一瞬の気もしたが、ぐらりと足元が揺れたと思うと、土に塗《まみ》れた塊《かたまり》が現れた。

「なんだと⁉」

目の前にあるのはタイヤだろう。わずかに銀色に光った部分があるのはマフラーか。すっかりスクラップ状態になったバイクには、幾重《いくえ》にも蛇《へび》の胴体《どうたい》が巻きついている。

と、不意に握《ひぎ》りしめたはずの鋼鉄の腕が、消《き》え失《う》せた。

同時に、竜憲の身体《からだ》が支えをなくして倒れる。

「リョウ！」

けほけほと咳《せ》き込《こ》んだ竜憲は、ぺたりとその場にへたり込んだ。

「びっくりした」

竜憲は喉《のど》をさすりながら、かすれた声で呟《つぶや》いた。

「なに呑気《のんき》なこと言ってんだ！」

「だって……」

何が〝だって〟なのか、竜憲は呑気にバイクの残骸《ざんがい》を眺《なが》めている。

「殺気はありませんでした」

竜憲の能天気さの理由を、静かな声が教えてくれる。

するするとバイクから剝《は》がれた蛇が、いつの間にか人の姿を取り戻していた。

「しかし！」

「だって……あんたの剣も出てこなかっただろ」

意気込む大輔を、竜憲がやんわりと宥《なだ》める。

大きく息を吸い込んだ大輔は、どうにか怒りや混乱を呑《の》み下そうと足掻《あが》いた。

もう一度、息を整えて、バイクを眺《なが》め、鴻を眺め、最後に竜憲を見詰める。

「どういうことだ？　だいたいこれはなんだ？」

少しの間考え込んだ竜憲は、やがて、静かに口を開いた。

「なんだろう……地の精《せい》とでも言えばいいのかな……」

「嘉神はこいつにやられたのか？」

立て続けの質問に、竜憲は小さく頷《うなず》いた。

「多分」

「なんでそんなモンに……」

「判らないよ。……でも、何かに命じられたんだろう……と思う。誰か個人に敵意を抱くようなものじゃないもの……」

確かめるように鴻を見やると、彼もまた頷いた。

「襲ってきたっていうより、接触してきたっていうの？　そんな感じ」

「ずいぶん手荒《てあら》な奴《やつ》らだな」

「嘉神さんを襲った時の感覚が残ってたんじゃない」

簡単に解説してくださった竜憲も、さすがに自分の説明に完全に納得しているわけではないらしい。微《かす》かに首を傾《かし》げた。

「バイクがここにあったから、か？」

「そうかもね。おかげで犯人は判ったけど……」

「黒幕は判らないいって？」

吐き捨てるように言うと、嫌《いや》なことに、竜憲と鴻は同時に頷《うなず》いた。

「そういえば、門が閉じていたとおっしゃってましたよね」

「え？　ああ」

「車はまだ、外ですか？」

「あ！　そうだ！」

飛び上がるように立ち上がった竜憲が、門に向かって走り出す。

慌《あわ》てて後を追った大輔は、門のところで立ち尽くす竜憲に追いついた。

第四章　地中で待つ者

1

ぱん、と目の前でガラスが割れた。

そんな感覚だ。

ごく薄い、ガラス。

目に見えないほど細かい粒《つぶ》になって、霧散《むさん》したガラスの向こうには、同じ景色が広がっていた。

もちろん。

だが、たかがガラス一枚でも、全く同じではない。

特に、ガラスが大輔《だいすけ》の意識にかかったフィルターであれば、わずかでも、確実に違いはあった。

風の音。

ものの匂《にお》い。

今までなかったことに気づかなかったものが、甦《よみがえ》ってきた。

「……何だ？」

竜憲《りようけん》が見据《みす》えている先に、見慣れた坂道がある。

アスファルトで舗装《ほそう》された私道は、乗用車ならぎりぎりですれちがえる幅があった。

もちろん、センターラインなどないが、道の脇《わき》には、駐車場代わりにしている雑草を刈り込んだスペースがある。

そこに、車は止まっていたはずだ。

だが、今は何もない。

「まさか……。退屈して出かけたなんてことはないだろうな……」

「まさか……」

ふらふらと、舗装の切れ目に歩み寄った竜憲は、しゃがみこんで足元を見据えていた。

門が閉まっていたために、左に寄せて車を止めたのだ。

「まさか……。まさか、呑《の》み込まれたんじゃ……」

その場に膝《ひざ》を突き、柔らかい雑草を撫《な》でる。

「くそっ！　なんでだ？」

先程のバイクのように、大地から腕が伸びて、引《ひ》き摺《ず》り込んでしまったとでも言うのだろうか。

「……ここだ！　ここにいるはずなんだ！」

大地を平手《ひらて》で叩《たた》く。

「嘉神《かがみ》さん！　答えて！　聞こえる？　どこにいるんだ！」

掌《てのひら》を押しつける姿は、大地から生える手を待っているかのようだ。

「嘉神さん！　倉本《くらもと》さん！」

それでも、何も起こらない。

「くそっ！」

いきなり、竜憲は素手《すで》で土を掘り始めた。

「リョウ……。やめろ……」

腕ごと体を抱き留めて、引き起こす。

「鴻《おおとり》！　本当にここにいるのか？」

ずささと、音を立てて、巨大な蛇《へび》が這《は》い寄《よ》った。

いや、人の姿も見える。

蛇の顔に人間の顔が重なって見えていた。

「大輔！　放せ！」

暴れる身体《からだ》を、抱きしめる。

「鴻！　判るか？」

「……何も……。何も残っておりません」

ぴくりと、竜憲の肩が震えた。

「放せよ！　大輔！」

「放してどうなる？　どうやって追いかけるんだ？　掘るのか？　掘り返せば出てくるってんなら、パワーショベル雇《やと》ってやるぞ！」

怒鳴《どな》る。

ようやく、竜憲の動きが止まった。

「見せてみろ。……まったく……。何を素人《しろうと》みたいなことをやってるんだ？」

指先を見る。

爪《つめ》が浮いて、血が滲《にじ》んだ指先。

「大輔っ！　……汚いよ……」

「何が？」

土に汚れた指先に舌《した》を這《は》わせながら、大輔は訝《いぶか》しげに問うた。

「だって……土が……」

「……甘いさ……」

血を舐《な》めとる。

口中に広がる甘み。

同時に、じゃりっと、砂の音がした。

「大輔……。もういいって……」

気づけば、竜憲の指先の傷は消えていた。

同時に、頭の隅《すみ》に何かがどかりと座り込んだ。

「大輔?」

訝《いぶか》しげに見上げる竜憲の肩を抱いたまま、鴻の姿を捜《さが》す。

「……お前、知ってるだろう? こいつの正体……」

「姉崎《あねざき》さん?」

戸惑いを表情に出す蛇《へび》という、珍《めずら》しいものを眺《なが》めながら、大輔は自分の手の甲に舌《した》を押しつけた。

「……お前らの匂《にお》いだ。……こいつの味じゃない」

捕らえたままの竜憲の首を舐《な》める。

命が甦《よみがえ》る味。

「喰《く》ってみろよ……。舐めてみろ。……お前なら判るはずだ」

大地を操ったものの味。

匂い。

それは竜憲と相対するものの匂いであり、味であった。

甘美《かんび》な、魂まで蕩《とろ》けさせるような竜憲の匂いの中に混じる毒の臭《にお》い。

間違えるはずもない。

紛《まぎ》れるはずもない。

「姉崎さん……」

「舐《な》めてみろよ……」

それだけ言って、大輔は竜憲の肩を抱いたまま、屋敷に引き返した。

「大輔！　待てって！　どうする気だよ！　このまま二人を見捨てるのか？」

「生きたまま、大地に封じることができると思うか？　何の痕跡《こんせき》も残さず、だぞ」

「……判らないよ」

「できねぇだろうな。嘉神がいるんだ。なんとかして、居所を知らせるぐらいはするだろうよ。……あの、始末の悪いペットを使って、ここ掘れワンワンて言わせるぐらいのことはできると思わないか？」

黙りこんだ竜憲は、大輔の言葉を真剣に受け止めていた。

砂利《じゃり》を踏みしめながら、玄関に向かう。

「……どこかへ連れていかれたんだろう……」

それでも、生きていると思いたいらしい。

「でなきゃ、死んでるだろうな」

ひゅっと息を呑《の》んだ竜憲は、大輔の腕を振りほどくと、駆《か》け出した。

玄関のドアを乱暴に開ける。

と、その場でぴたりと足を止めた。

「どうした？」

大股《おおまた》で歩いて追いついた大輔が、竜憲の頭ごしに玄関を眺《なが》める。

「……と……」

そこには、小柄な老婆《ろうば》がちんまりと正座《せいざ》していた。

倉本の守護霊とやらだ。

前回会った時は、立ったままだったが、こうして正座をするとますます小さく見える。

「お祖母《ばあ》さん……。真矢《まや》さんの居所をご存じですか？」

何があっても、彼女を助けたい。そう思っているからこそ出た言葉だろう。

ひどく真剣な竜憲の声に、老婆が微笑《ほほえ》んだ。

もちろん、大輔に顔がはっきりと見えるわけではなかった。

それでも、笑ったということが判ったのだ。

「お祖母さん？」

深々と、頭を下げる。

昔の、フィルムの傷んだ映画を見ているような気分になる、丁寧《ていねい》でゆったりとしたお辞儀だった。

「……判りました。……できる限りのことはやります……」

竜憲が請《う》け負《お》う。

と、老婆《ろうば》の姿は薄れていった。

2

アスファルト舗装《ほそう》の脇《わき》の草を刈《か》って、大型車のすれちがいと、臨時の駐車のためのスペースを作るのは、弟子たちの仕事だ。

夏場は週に二度。冬場は主な作業は掃《は》き掃除に変わるが、最低でも週に二度。風の強い日は連日でも、掃除している。

その掃き清められたアスファルトの横に、搔《か》き毟《むし》った跡が残っている。

竜憲《りようけん》の指が抉《えぐ》った跡。

「……味が違う……？」

大輔《だいすけ》の言わんとしたことが、鴻《おおとり》には理解できなかった。

何と比べて味が違うというのか。

竜憲の血を吸った大地が、変質したというのだろうか。

思案しながらも、膝《ひざ》を突いた鴻は、ゆっくりと手を伸ばし掌《てのひら》を押し当て、大地の感触を確かめた。

　この場所で、車が呑《の》み込まれたことは間違いないだろう。バイクが呑まれた跡と違い、竜憲が掘った跡しか残っていないが、それは人の目で見れば、という話だった。

　しかし、鴻の半分以上を占めている人ならざるものの目には、影が見えた。

　ほんの一瞬だった。

　竜憲が駆《か》け寄《よ》ったあの一瞬、まだ影は残っていたのだ。

　それが何を意味するものか、考える間もなく掻《か》き消えてしまったが、あったことは間違いない。

　雲の影か、水の染《し》みのように、何も語らない影が、あの一瞬、存在した。

「味……」

　何の比喩《ひゆ》でもなく、本当に味なのか。

　味覚《みかく》の乏《とぼ》しい鴻に、それを味わい分けることができるだろうか。

　ひと握りの土くれを掻き取り、口元に運ぶ。

　土の匂《にお》い。

　味。

　皮肉なことに、それははっきりと判った。

　だが、大輔が何を言おうとしたのかは、理解できない。

「……味……」

ざらつく土を吐《は》きだし、鼻を近づける。
大輔は気づいた違いだ。
「お前ら……」
確かに、そう言った。
お前らの匂《にお》い。
こいつの味。
こいつ、が竜憲を示しているのは間違いない。
「お前ら……」
お前ら、というからには、鴻だけではないはずだ。
鴻が含まれる集団。
「……一体何を……」
実のところ、鴻は自分が何かの集団に含まれていると認識したことがない。
常に、ひとりだと思っている。
人というカテゴリーに納まるか、それすら判らないのだ。
思わぬところで、自分の帰属意識を試されることになって、鴻は深く溜《た》め息《いき》を吐《つ》いた。
お前なら判るはずだ。
そう言われた。

土に、術者の匂《にお》いが残っているということか。

もう一度、土を口に含んだ鴻は、思い切り吐《は》きだした。

やはり、何も判らない。

自分と竜憲の差。大輔との差なら、考えられる。もっと言えば、大輔や竜憲と自分をひとまとめの集団とするほうが、考えやすいのだ。

古代の神を身の内に宿したもの、という共通点がある。

「……判りません……」

ぐっと、土を握る。

なぜ判らないのか。

その集団に帰属しているからこそ、差違が判らないのか。

お前なら判る、と言われたのは、現国魂《うつしくにたま》を宿すものなら、判るだろうということなのだろうか。

土を元に戻して、手でならす。

これ以上考えても、答えは出ないだろう。

それよりは、自分のできる方法を探したほうがいい。

ふっと口元に笑みを刷《は》いた鴻は、軽く払った手を懐に入れた。

小柄《こづか》と和紙を取り出す。

「探せ……。地に潜《もぐ》ったか、空に溶《と》けたか、水に……」

ぶつぶつと唱《とな》えながら、和紙を切っていた鴻は、ぴたりと手を止めた。

「……これか……」

陰陽《おんみょう》。

そう考えれば、この大地には陰陽の術の匂《にお》いが残っている。

大道寺《だいどうじ》の弟子たちが日々手入れをしているのだから、当たり前だと思って、考えもしなかった。

だが、大輔はその匂いの違いを嗅《か》ぎ分けたのかもしれない。

陰陽の頭と呼ばれた忠利《ただのり》の息子でありながら、竜憲は術のひとつも修めていないし、修行をしたこともない。

天賦《てんぷ》の才、それも姫神《ひめがみ》の器となるべく用意された肉体に与えられた力と、姫神が宿ることによって得られた力、それだけなのだ。

「まさか……まさか……」

再び、その場に膝《ひざ》を突いた鴻は、自分が触れなかったあたりに、顔を押し付けた。

わずかに感じる匂い。

陰陽を操る術者のもの。

修行中の者ではない。

「……まさか……」

ぱっと体を起こした鴻は、慌《あわ》てて道場に引き返していった。

3

藤の花は、根元から順に開いて、先端が開く頃には、根元の花はすっかり枯れて色が変わってしまうようだ。

もらってきた時は、まだ堅く閉じていた蕾《つぼみ》が、着実に開いているのは、水揚げが成功したという印かもしれない。

色が変わった花を摘《つ》み取《と》り、全体の形を確かめる。

これだけ大きな花だと、一部が傷んだからといって、そのまま捨てる気にはとうていなれなかった。

「……余裕だな……」

ぬっと、顔を出した大輔《だいすけ》が、笑いを含んだ声をかけてきた。

「ここで待っているのか？」

この家から一歩も出るな、と命令したくせに、大輔は揶揄《からか》っていた。

「……綺麗《きれい》だよね。この花があるから、お婆《ばあ》さんが、姿を見せられるのかな……」

「何だ、それ」

「倉本《くらもと》さんのひい祖母《ばあ》ちゃん。……犠牲者のところに姿を見せられるんなら、どこにいるか教えてもらえそうじゃないか」

ひょいと眉《まゆ》を引き上げた大輔は、その場に腰を下ろした。

「本気でそんなことを言ってるのか？」

「……まぁ、半分は希望……かな」

本当なら、すぐにでも飛び出していきたかった。

だが、闇雲《やみくも》に走り回っても、嘉神《かがみ》たちを捜し出せる可能性はないだろう。それぐらいなら、水焔《すいえん》や火焔を待っていたほうがいいように思ったのだ。

ひどく消極的な選択ではあったが。

結局一晩、息を殺すように待っても、何も起こらなかった。

これ以上待て、と言われても、従うことはできない。

だが、常に大輔の監視の目を感じる竜憲《りょうけん》は、家を出ることもできなかったのだ。

「キツネを待ってるのか？」

「……判ってるんなら訊《き》くなよ……。結構落ち込んでるんだから……」

いっぱいに握り込んだ花を、ティッシュに纏《まと》めて、ポケットに入れる。

「ほら……。染《し》みになるぞ」

手を差し出される。

ティッシュを差し出した竜憲の手を、大輔が摑《つか》んだ。

「何すんだよ」

「……心配なんだろう？　ここでぼうっとしていても、苛《いら》つくだけだ。……このまま出かけよう」

「え？」

「車に乗れるぞ」

「何だよ、それ！」

ひどく楽しげに、声をあげて笑う大輔は、丸めたティッシュを受け取った。

代わりに、車の鍵《かぎ》を竜憲の手に落とし込んだ大輔は、にやにやと笑っていた。

「用意がいいね……」

「そろそろ焦《じ》れていると思ってね……」

うそぶいた大輔は、土間に足を下ろし、靴《くつ》を引っかける。

「大輔！」

「キツネにしろ祖母《ばあ》さんにしろ、お前を捜《さが》すぐらいのことはできるだろう？　それぐらいだったら、やれるだけのことをしよう」

「……うん……」

いきなり、自分から積極的に動こうとする大輔を、竜憲は疑わしげに見ていた。些細《ささい》な事件でも、できれば関わりたくないというのが、今までの大輔の態度だった。それが、いきなり積極的に動くなどと言われたら、疑いたくもなる。

「どこへ行く気？」

答えなど期待していなかったが、大輔はあっさりと答える。

「嘉神が捕まった場所だな」

「……何もなかったんじゃ……」

「嘉神を回収することに気を取られていたからな……。他は調べようにも、名前も判らないだろう？」

言われてみればそうだ。

もともと々相談を受けていた嘉神ならまだしも、倉本を守ってくれとだけ言われた竜憲は、ほとんど事情を把握していなかった。

「……あれ？　確か……小林《こばやし》とか……」

「ああ、そんな名前も言っていたな。何だったら、会社に連絡して、片端から訊《き》いてみるか？」

そっけない言いようは、反対だということを意思表明しているようだった。

竜憲の提案など聞く気もないという態度で、車庫のほうに歩いていく。

「いいじゃないか。倉本さんの友人でって訊《き》けば……」

「倉本さんが行方不明になったんですが、事情を知りませんか、って訊いて回るのか？　さぞや有意義な話が聞けるだろうな」

つっけんどんに応じる大輔。

確かに、会社に知られることを怖れていた倉本なら、やめてくれというかもしれない。それでなくても、近頃は不条理としか言いようのない理由で、退職させられるという噂《うわさ》をよく聞くのだ。

霊障《れいしょう》を、ただの言い訳と捕らえる者も多い。

部下のうつ病をサボリ癖《ぐせ》と決めつけて、病状を悪化させる上司もいるぐらいだから、常識のある人間なら、ありえないと決めつける霊障など、鼻先で笑われる可能性もあった。

「月曜まで長引いたら、待ち合わせの場所に来なかったとでも言って、問い合わせてやるよ。事情を知っている友達がいれば、向こうから話してくれるだろう」

高校大学と、口先だけで世の中を渡っていけるといわれ続けた大輔だ。

倉本が知り合ったばかりの男、という顔をして、話を訊き出すことぐらいやってのけるに違いない。相変わらず妙な違和感は残っているものの、基本的なところは、竜憲のよく知る大輔だった。

車庫の脇《わき》に置かれたちり取りにティッシュを投げ入れた大輔が、竜憲の車の横に立つ。

「……これでいいんだな」

狭いだの、クッションが悪いだのと、しょっちゅう文句を言っている大輔は、いつもなら事務所の車を使いたがった。

もう一台残っている車に見向きもしないとは、思ってもみなかったのだ。

「いいぞ……。好きなだけ飛ばせばいい」

「なんだかな……」

暴走行為を奨励《しょうれい》されるとは。

細かいところでいちいち違和感がある。

溜《た》め息《いき》を呑《の》み込んだ竜憲は、そのまま車に乗り込んだ。

「……車ごと引っ張り込まれたりして……」

「大丈夫《だいじょうぶ》だろう」

「なんで？」

ゆっくりと、車を発進させる。

「……俺たちは倉本に嫌《きら》われているからな」

「え？」

緩いスロープになっている門を潜《くぐ》り、嘉神たちが消えた横を通り過ぎる。

「嫌われてるって……。嘉神さんが信用されているから、狙《ねら》われたっていうのか？」

「そうだろう？　ただの自意識過剰女じゃないという前提での話だが、彼女と友好関係にあった人間……。殺された男もそうだ。そういう意味では、恋人も含まれるかもしれないな。……とにかく、男女を問わず、彼女が信用している人間が狙《ねら》われているってことになる」

言われてみればそうだ。

竜憲も大輔も、倉本の信用を得られていない。

ところが、嘉神は彼女の全幅の信頼を得ているようだった。

ただの思い込みに過ぎなかったとはいえ、曾祖母《そうそぼ》の霊《れい》に怯《おび》えた倉本は、嘉神にしがみついたし、彼から離そうとした竜憲に必死で抵抗していた。

それは、何より明確な、意思表示だっただろう。

「……そうか……。確かにそうだね。……信頼されている人が狙われるのか……」

「彼女の周りに誰も置きたくないのかもしれないな……」

「なんだよ、それ……」

ぞっとする。

あまりにも陰湿《いんしつ》なイメージだった。

倉本と親しくなると、呪《のろ》われる、という図式を作ろうとしているのだろうか。

「彼女、誰かに恨《うら》まれてるのかな……」

「それで、その恨《うら》んでるヤツが、有能な霊能者《れいのうしゃ》に頼んで、周りにいる人間を排除していっているって？　……本当にやれたら、たいした嫌《いや》がらせだな。……証拠の残るものじゃないし、被害に遭《あ》った連中の証言も、証拠にはならない……」

皮肉な言いように、竜憲は首を竦《すく》めた。

もう、嘉神が消えた場所は、ミラーでも確認できない。

大輔が言っているのは、仮定を前提にした話だと判っている。そんな呪詛《じゅそ》の力のある霊能者がそうそういるとは思えない。

もし、いたとしても、代償《だいしょう》はとてつもなく高価だろう。

普通のOLを陥《おとしい》れるのに、そんな代償を払う人がいるというのは、ちょっと考えづらかった。

「……本気にしているだろう。……冗談だよ」

嘘《うそ》だ。

大輔は何かを知っているに違いない。

密かに溜《た》め息《いき》を吐《つ》いた竜憲は、タコメーターを眺《なが》めて、アクセルを踏み込んだ。

4

何も起こらない、ただのドライブ。

道はさほど混んではいないが、飛ばしていいなどと言われると、かえってアクセルの踏み込みが甘くなるのは、何も竜憲《りようけん》だけではないだろう。

目的地も目的も判りきっているだけに、楽しいわけもない。

「なぁ……何か判ってんの？」

「何のことだ？」

「急に出かけようなんて言うからさ。……確かめたいことでもあるのかな……なんて」

「まあ、気分転換だとでも思ってくれれば」

にやりと笑った大輔《だいすけ》が、とうてい信じられないことを言う。

「帰ろっかなー」

赤信号で減速しながら、竜憲は拗《す》ねたように呟《つぶや》いた。

「いいぞ」

むっと頬《ほお》を歪《ゆが》めた竜憲を、笑いを含んだ視線が眺《なが》める。見たわけではないのに、それははっきりと感じられた。

「大輔……」

何故《なぜ》こんなに余裕があるのだろう。

何か事件に関わると、必ずといっていいほど守勢に回り、切羽《せっぱ》詰まった様子になる大輔が、どうしてか今回に限り、妙に落ち着いている。

「やっぱり何か摑《つか》んでるんだろ。嘉神《かがみ》さんたちが消えた時も何か言ってたじゃないか」

実のところ、大輔が鴻《おおとり》に喋《しゃべ》っていたことは半分も頭に入っていなかったのだ。まるで、脳味噌が聞くことを拒絶しているように、話の内容が理解できなかった。

判ったのは大輔が鴻に詰め寄っていた、ということだけだ。

「バレたか……」

大輔が喉《のど》で笑う。

「バレたかって……あんた」

「……なんとなく、相手は見えたかな」

「それなのに黙ってたのかよ」

自分でも子供っぽいと思いながら、つい拗《す》ねた口調になる。

「怒るなよ」

大輔の口調は宥《なだ》めると言うより、揶揄《からか》うようだった。

総《すべ》てを把握しているがゆえに、手がかりさえ得られずにうろうろしている竜憲を、穏やかに見守る、というスタンス。

それが無性に腹立たしい。

「だから！」

声を荒らげる竜憲を、大輔は今度こそ宥めにかかる。

「判った、判った。……はっきりしたら教えてやる。だから、さっさと嘉神の事故った場所まで行け」

「ホントに喋《しゃべ》るな」

「ああ」

簡単に頷《うなず》いて、それきり大輔は口を噤《つぐ》んでしまった。

どうせ、鎌《かま》を掛けても、口を滑《すべ》らす相手でもない。

「絶対喋ってもらうからな」

竜憲は一人で意気込んで、ステアリングを握りしめた。

だらだらとしたドライビングも、不意に真剣なものに変わる。邪魔《じゃま》する車を、少々手荒な運転で避《よ》けて、スピードを上げていった。

現場はそれほど離れた場所ではない。

「ほら、着いたぞ」

車を路肩に止め、じろりと大輔を睨《にら》む。

「ごくろうさん」

相変わらず、大輔の態度は鷹揚《おうよう》だった。

「さぁ、話してもらうぞ」

なんだか、いつもと立場が逆だ。

「はいはい。もう少し待てって。まずは調べてからな」

言い置いて、大輔が車を降りる。

慌《あわ》てて後を追った竜憲は、舗装路《ほそうろ》を睨んで佇《たたず》む大輔に近づいた。

「ここに何があるんだ？」

竜憲の問いかけに、大輔は唇《くちびる》の端で笑った。

「多分な。残ってると思うぞ」

すっとしゃがみ込んだ大輔が、アスファルトを掌《てのひら》で撫《な》でる。

「どう？　判った？」

急《せ》かしても、大輔が慌てる様子はない。

じっくりと路面を撫でている。

「大輔！」

と、不意に顔を上げたと思うと、掌《てのひら》を鼻先に持っていった。

突然に、大輔が匂《にお》いのことを力説していたのを思い出す。

嘉神と倉本《くらもと》を乗せたまま消えた原因が、大輔には匂いだけで判ったと言うのだろうか。

少なくとも、鴻に対して、そんなことを言っていたような、ぼんやりとした記憶の断片があった。

「どういうこと？」

同じようにしゃがみ込み、路面を手で撫《な》でてみる。

特別に感じることはなかった。

匂いも同じ。

どこにでもあるような匂い。路面の下に封じ込められた街路樹の悲鳴に近い声や気配。

意味のない、有り体なものも含めるなら、排気ガスの臭《にお》いもする。

だが、それ以上でもそれ以下でもない。

答えを出しかねている竜憲に、大輔は静かに告げた。

「やっぱりな。お前には判らないと思ったよ」

「え？」

「お前にとっちゃ、特別なものじゃないはずだからな」

大輔は確信ありげに言い切ると、竜憲を立ち上がらせた。

「帰るぞ」

「なに⁉　話すって言ったろ？」

「話すよ。……車に戻ってからな」

「ホントかよ」

人が変わったような大輔を、胡乱《うろん》に眺《なが》め上げ、竜憲は渋々《しぶしぶ》と後に従った。

どうしても、変容の理由が判らない。

「なんでそんなに余裕があるんだ……？」

口の中で呟《つぶや》いた竜憲を、大輔が怪訝《けげん》に見下ろす。

「余裕？　ないぞ、そんなもんは」

しっかりと聞いていたらしい大輔は、心外だと言わんばかりに言い返してくる。

「だって……」

「じゃあ教えてやるよ。俺らの守備範囲じゃないからさ。……この件に関しては、巻き込まれないことのほうが何十倍も重要だ」

「え？」

「犯人は、陰陽師《おんみようじ》。少なくとも、その類《たぐい》の術者だからな。……今ごろ、鴻が必死になって探ってるはずだ」

あっさりとからくりを暴露した大輔を、竜憲は睨《にら》みつけた。

「騙《だま》したな」

「誰が？」

「あんただよ。家から連れ出すのが、目的だったんだろ」

大輔が片方の頬《ほお》で笑う。

「頼まれたんだよ。誰にとは訊《き》くなよ」

「鴻さんか……」

おかしいと思いつつ、連れ出された自分が間抜けらしい。

「姫様《ひめさま》と素戔嗚《すさのお》が邪魔《じゃま》なんじゃないのか？」

しれっと言い切られてしまうと、反論のしようもない。それ以前に、反撃するだけの材料が竜憲にはなかった。

一つ言えば、十は返ってきそうだし、なんといっても、鴻に頼まれたと言われては、文句も言えない。

「ちぇっ……」

「でもまぁ、ここにも痕跡《こんせき》が残っているか調べたかったのは本当だからな。別に騙したわけじゃないぞ」

「あ……そう」

「もう少し、どっかで時間潰《つぶ》していくか？　アクアライン走りに行くとか」

「馬鹿……帰るよ」

大輔を引《ひ》き摺《ず》るような格好で、車に向かう。

その瞬間。

耳元で、風の鳴る音を聞いた気がした。

5

「え？」

突風に煽《あお》られ、目を閉じた次の瞬間、身体《からだ》がその重みを失った。

たまたま触れていた竜憲《りょうけん》の手を、離すまいと握りしめたその瞬間、全身に奇妙な圧力がかかる。

「なん……」

喚《わめ》こうと開いた口の中に、緑臭《みどりくさ》い液体がなだれ込んできた。

慌《あわ》てて口を閉じる。

全身がひどく冷たい。

竜憲の掌《てのひら》だけが、ひどく熱かった。

混乱する脳味噌を、どうにか宥《なだ》め、ゆっくりと目を開く。

水中にいる。

透明《とうめい》で冷たい水。

街中にいたはずなのに。

竜憲はと見れば、同じように唖然《あぜん》と水中を眺《なが》めている。

その手を強く引くと、上と思う方向を見上げる。

ちらちらと光が影を作っているのが見えた。

それを指差して、竜憲の手を離す。

水を一掻《ひとか》きすると、ひどく息苦しいことに気づいた。

見せかけの水の中にいるわけではないらしい。

今さらのように慌《あわ》てても、靴《くつ》のせいか、水が上手《うま》く蹴《け》れなかった。腕の力だけに頼って、必死に水を掻く。

水面《みなも》は目の前に迫っていた。

力一杯水を掻くと、空気の中に顔が出る。

大きく空気を吸い込む。

「リョウ！」

まだ上がっていない。

息を整え、水中に顔を沈める。

薄暗い水の中に、白っぽい影がゆらゆらと揺れていた。

もう一度顔を上げ、数回息を整えると、大きく空気を吸い込んで潜《もぐ》る。

直《じき》に影には、近づけた。

その腕を摑《つか》んで、水面《みなも》に引き上げる。

自分に抱きつかせるようにして、姿勢を保たせると、竜憲はぜいぜいと荒い呼吸を繰り返した。

「大丈夫《だいじょうぶ》か？」

「ぜん……ぜん……なんで！」

「俺が訊《き》きたい」

竜憲を支えてやりながら、岸に向かって泳ぐ。

ようやく、周囲を見渡す余裕も出てきた。

周囲を木立に囲まれた場所だ。

池というか、沼《ぬま》というか。そんな場所だった。

なんとか岸辺に辿《たど》り着《つ》いて、竜憲を先に上らせる。

差し伸べられる手を借り、水から上がると、急に全身の力が抜けた。

本当に溺《おぼ》れかけるあたり、ここは本物の山の中という気がする。ひんやりとした空気も、青臭《あおくさ》い空気の臭いも、本物に思えた。

「驚いた……」

大輔の隣《となり》にへたり込んだ竜憲が、放心したように呟《つぶや》く。

それは驚くだろう。街中から、突然こんな場所に連れてこられたのである。しかも、水の中に放り出されたのだ。

「あの突風か？」

「さぁ……でも、他には考えられないよね」

意外に落ち着いた声が返ってくる。

溜《た》め息《いき》を吐《つ》いた大輔は、改めて周囲を見渡した。

「どこだ、ここは」

「知らない」

半ば想像どおりの答え。

素直に帰れるのか、一悶着《ひともんちゃく》あるのか。

最悪の事態のほうを想定しようと決めて、大輔はのろのろと立ち上がった。

ずいぶんと暖かくなったとはいえ、まだまだ水浴びが気持ちのいい季節ではない。服を乾《かわ》かす算段をしないと、身体《からだ》が凍《こご》えそうだ。

近くに人が住んでいればいいのだが、どうも期待薄である。

予想が外れて、木立を抜けたとたんに市街地。などということになれば、それはそれで、ありがたいのだが。

「さて、どうする」

「……嘉神《かがみ》さんたちもここにいるのかなあ」

不意に呟《つぶや》いた竜憲を、大輔はしげしげと眺《なが》めた。

「捜《さが》してみるか？」

「うん。なんとなく、近くにいるような気がする」

「声でも聞こえるか？」

問い返すと、竜憲は困ったように笑った。

「……いや。ただの思い付き」

「まあ、そんなもんだろうな。——で、どっちへ行く？」

竜憲に手を差し伸べる。

素直にその手を取って立ち上がった竜憲は、行くべき方向を探すように、ゆっくりと顔を巡らせた。

つられるように、大輔もあたりを見渡す。

道どころか、下生えには動物の踏み分けた跡もない。聞こえてくるものと言えば、遠い鳥の声と、木々のざわめきくらいだ。

木立のせいで薄暗いが、枝を通して差し込む日差しはまだ高いらしい。時間まで飛んではいないようだ。救いといえば、それくらいだろう。こんな場所で明かりもなく夜になられたら、それこそ身動きができない。

やがて、竜憲の視線がある方向に据《す》えられた。

「こっちにしよう」

反対する道理はないが、一応訊《き》いてみる。

「思い付きか？」

「……うーん……なんて言うのか。惹《ひ》かれるんだ」

「それじゃあ、当たりだ」

不敵に笑った大輔は、竜憲の腕を取って、ゆっくりと歩き始めた。

第五章　山の家

1

五月とはいえまだ寒い。

全身ずぶ濡《ぬ》れということは、そう呑気《のんき》に構えていられる状況ではない。

そのうえ、木々の中に見つけたものが、大輔《だいすけ》の気持ちを沈ませた。

「……なに?」

竜憲《りょうけん》が問う。

「見てみろ。藤だ……」

「え? どこ?」

きょろきょろと周りを見回した竜憲は、紫色《むらさきいろ》の派手な花房《はなぶさ》を探しているようだった。
四、五センチほどの、細長い松ぼっくり状のものが、一メートルを超す花房になるとは、思いつかないのだろう。
「これだよ」

蔓《つる》の一部を示してやる。

「これって……」

「鎌倉《かまくら》に比べると、ずいぶん気温が低そうだ。まだ蕾《つぼみ》がこんなだ……」

「種類が違うからじゃないのか？」

「かもしれないが……。玄関にあった藤も山藤の一種だろ」

「ふーん……。こんなに小さいんだ……」

確かに、知らない人は驚くだろう。藤の花の成長ぶりは、驚異としか言いようがないものだった。

「……これって野生？　それとも人が植えたのかな……」

「どうだろ。……藤は野生種のほうが派手で大きかったりするからな……」

「へぇ……。よくそんなこと知ってるね」

別に、ガーデニングに興味があるわけではない。

通学路にあった藤が、ある日いきなり咲くように思えて、春先からしつこく観察したことがあるのだ。

今の家ではない。

引っ越す前の家。

小学校の頃。

いきなり、目の前のガラスが割れた。

小学生の頃の通学路を思い出したとたん、感覚の障壁《しょうへき》がまたひとつ割れた。

「大輔？」

「……悪い……。ちょっとぼっとしてた……」

「寒い？」

「ああ、寒いな。……くそ。病気で死ぬなんてことになったら、洒落《しゃれ》になんねぇぞ……」

感覚が少しずつ歪《ゆが》んでいたのだと、今になって判る。

がちがちと歯が鳴り始めて、背筋を悪寒《おかん》が駆け上がった。

「くそっ……どうせなら、ずっとずれてりゃいいのに……」

「何が？」

それには応じず、竜憲をうっそりと眺《なが》めた。

「寒くないのか？」

「そりゃ、寒いよ。……けど、もう少しだから……」

「あ？」

「そこに、屋根が見えるだろ？」

言われて、大輔は視線を上げた。

いきなり襲ってきた寒さに、身体《からだ》が縮こまっていたらしい。

「あんまり期待できそうにないな……」

屋根に草の生えた家。

瓦《かわら》の壊れ方も普通ではない。

「廃屋《はいおく》だろ……」

「何もないよりましだろ？」

「まあな……」

うまくいけば、タオルぐらいはあるかもしれない。

庭があれば焚《た》き火《び》もできるだろう。

心なしか、足取りが速くなる。

かつては生け垣だっただろう植木は、野放図に伸びて、家を隠していた。

ありがたいことに、庭の草はさして伸びていない。

軒下に積まれた薪《まき》が、最後の住人の心構えを教えてくれているようだった。

「……リョウ。ライターは？」

「あるけど……。どうだろ、使えるのかな……」

まぁまず無理だろう。

下手《へた》に小細工を考えるより、紐《ひも》でも探してきて、石器時代の火熾《ひおこ》しを考えたほうがいいかもしれない。

「台所とか探したら、マッチぐらいありそう……」

「だな……」

ぼろきれの一枚でもいい。

とにかく、身体《からだ》を拭《ふ》けるものが欲しい。

「探してくるわ」

一応、他人の家ということになるのか。

廃屋《はいおく》としか見えなくても、人が住んでいることもある。

何と声をかけるべきか迷っていると、室内で影が動いた。

「あ……すみません！　ごめんください！」

「どうなされた？」

まさか人がいるとは思わなかった。

枯れ木のように痩《や》せた老人は、体重がないような動きで、ガラス戸を開けた。

屋根に草が生え、庭木の手入れもされていないのに、部屋の中は整えられているようだった。

「おやおや、池に落ちなさったのかな……」

「はい……」

「上がりなされ。火もあるし、服を乾《かわ》かされるといい」

ひょいひょいと、軽い足取りで歩いている。

背中は曲がっているし、目も濁《にご》っているのだが、妙に若々しかった。

「あの……」

「お連れさんもどうぞ」

言われて、ぺこりと頭を下げた大輔は、竜憲を振り返った。

「……だとさ……。服だけでも乾《かわ》かさせてもらおう」

「そうだね……」

ぎこちない笑みを浮かべた竜憲は、縁側で靴《くつ》を脱ぐと、沓脱《くつぬ》ぎ石《いし》の上に揃《そろ》えて置いた。

その横に、自分の靴を置いた大輔は、眉間《みけん》に皺《しわ》を寄せた。

沓脱ぎ石の窪《くぼ》みに、砂が溜《た》まっている。

横に転がった草履《ぞうり》は、半分朽《く》ちかけていた。

「……リョウ……」

「いいから……。お邪魔《じゃま》しよう……」

おかしい。

家の中と外が、あまりにも違いすぎる。

あれだけしっかり歩けるのなら、庭を放置しているというのも変な話だ。

薪《まき》にはクモの巣が張り、枯れ葉が引っかかっているということは、使われていない証拠に思えた。

素人《しろうと》にも白内障《はくないしょう》だと判る、白濁《はくだく》した目のせいで、家の外まで手が回らないのかもしれない、とも思ったが、そもそも、あの目で大輔が濡《ぬ》れていることに気付いたというのが、妙だった。

「すみません、お邪魔《じゃま》します」

「……いやいや……。何もないが、火だけはあるでの。温まっていきなされ」

畳《たたみ》の、妙にふわふわとした感触は、根太《ねだ》が腐っている証拠かもしれない。

慎重に足を進める大輔は、火のついたいろりに案内されて、ほっと息を吐《つ》いた。

少なくとも、この暖かさは本物だ。

「ちと小さいかもしれんが、これに着替えなされ。風邪《かぜ》を引くといかん」

そう言って差し出されたのは、古臭《ふるくさ》いデザインのスウェットスーツだった。

「ありがとうございます」

深々と頭を下げた竜憲は、手早くスウェットスーツに着替えて、手拭《てぬぐ》いで頭を拭《ふ》いている。

「リョウ？」

「いいから。ご親切はありがたく受けるものだよ」

異常に気づかないはずはないのに、竜憲は平然と親切を受けている。

もっとも、この状態では、相手が人間でなくてもありがたいものはありがたい。

老人の言葉どおり、小さいスウェットスーツにどうにか身体《からだ》を押し込み、いろりの傍《そば》に服を並べる。

この親切が終わらないうちに、せめて服だけでも乾《かわ》いてもらいたい。それは竜憲も同じらしく、下着に至るまで、すべての衣服が二人の周りに広がった。

下手《へた》に老人の正体を知れば、いろりの火も、スウェットスーツも消えてしまうような気がする。

シャツを火にかざし、なるだけ早く乾かそうと苦労する大輔は、ふと、竜憲のスウェットスーツの胸に目がいった。

刺繍《ししゅう》が入ったそれは、どこかの高校の体操服らしい。

孫のものなのか、それとも子供のものなのか。

年寄りの中には、何でもため込む者がいる。

そう考えれば、あの老人は、こんな山奥で客が訪れることだけを楽しみに、一人寂しく死んでしまったのかもしれない。

だからこそ、不意の客を歓迎したのだろう。

「……え？　嘉神《かがみ》？」

感慨にひたっていた大輔は、自分の借りたスウェットのズボンに、思いがけない名前を見つけた。

メーカー名の入った小さなタグが、小さいが故《ゆえ》に露出していた。

そこに、マジックで乱暴に書かれた名前は、よく知っているものだった。

「……まさか……」

嘉神の親戚《しんせき》か。

それとも……。

微《かす》かに声が聞こえる。

「え？」

シャツを広げる手を止めた大輔は、眉《まゆ》を寄せて耳を澄《す》ませた。

しばらく待つ。

だが、もう声は聞こえてこなかった。

「聞こえたか？」

「……うん」

間違いなく、人の声だった。

それも、女の泣き声だったような気がする。

この状況に、あまりにも似合った効果音だ。似合いすぎて、以前、同じような状況に陥《おちい》ったことがあるような気さえしてくる。

「……捜《さが》すか？」

「着替えてからのほうがいいかもしれない。……服、もう乾《かわ》いてるよ」

不思議だ。

だが、今はその仕掛けを解明する余裕はなさそうだった。

「急ごう」

立ち上がった大輔は、再び女の声を聞いて、顔を歪《ゆが》めた。

2

「……助けてぇ」

一抱えもある木材で作られた格子《こうし》に寄りかかって、倉本《くらもと》が弱々しく呟《つぶや》く。

天井《てんじょう》近くにある、小さな明かり取りの窓から差し込む光は、八畳ほどの部屋を照らし出していた。

床は板張り、片隅《かたすみ》にトイレがあり、逆端に、コップと水差しが置いてあった。

「無駄《むだ》やて……」

この部屋から逃げ出すのが不可能だということは、嘉神《かがみ》は骨身にしみて知っていた。

何しろ、部屋のあちこちに残る傷は、脱走を試みた嘉神が、数年前に付けたものだ。修行という名目で監禁されて、一月も過ごしただろうか。

無意識のうちに嘉神が操っていた蠱《こ》を追い出すためにしたことだと、後から聞かされたのだが、そう簡単に納得できる経験ではなかった。

それでも、一日三度の食事は運んでもらえたし、妙な呪文《じゅもん》を唱《とな》える爺《じじい》が傍《そば》にいたので、死体も発見されないのではないかなどと考えたことはなかった。

今回は、白骨になっても、発見されないのではないかという怖れがある。

「……助けて！　誰かぁ！」

「無駄《むだ》やて……。ここ、誰も住んでへんのや……」

師匠《ししょう》が亡くなってから、訪ねる人もなく、打ち捨てられていたはずだ。

もともと、山の中の一軒家なのだ。

自給自足のような生活をしていた老人は、仙人を気どっていたが、蠱物師《まじものし》としての能力を頼って訪ねる客も多かったので、それなりににぎやかな生活を送っていた。

だが、その客たちも、今は嘉神に相談を持ちかけている。

墓でもあれば別だろうが、訪ねる人はいないと、断言できた。

「知ってるの？」

「まぁね。それよか、少しでも寝れば？」

「どうやれば眠れるって言うの？　このまま、誰にも見つからないで、死んじゃうんじゃないの？」

「大丈夫《だいじょうぶ》やて。……そのうち、大道寺《だいどうじ》の若先生が見つけてくれるて」

言いながら、望み薄だということを、嘉神は判っていた。

この古めかしい牢屋《ろうや》は、一種の結界でもあるのだ。

嘉神が使っていた蠱《こ》が逃げ出さないように張り巡らされた結界は、霊能力《れいのうりょく》を含めて、すべての力を封じていた。

「……全く。ジジイもこんなもの残した責任取れってぇの……」

壁に寄りかかって、格子《こうし》の向こうに見えるレバーを眺《なが》める。

「幽霊になって出てこいっちゅうんじゃ、ホンマに……。可愛《かわい》い弟子がエライ目に遭《お》うとんのに、ホンマにもう……」

ぶつくさと文句を並べていた嘉神は、五センチほどのスリットでしかない明かり取りの窓を見やった。

舞い上がる埃《ほこり》が、光の中できらきらと輝いている。

「キレーなモンやな……」

待つしかない。

ここで暴れても、身体《からだ》を傷《いた》めるだけだ。

判りきっているのに、暴れたくなるのは、閉じ込められた獣《けもの》が、命を落とすまで暴れるのと同じで、現状を受け入れていないという自己主張に違いない。

「……誰か！　誰か、助けてぇ！」

倉本が金切り声をあげる。

「真矢《まや》ちゃん、あかんて。そんな叫《さけ》んだら、息ができんなるよ」

「助けて！　たすけてえぇぇぇ！」

長く尾を引く悲鳴。

間近で聞かされると、鼓膜《こまく》が破れるのではないかと思うような、声だ。

だが、それも長くは続かず、格子《こうし》に摑《つか》まったまま、激しく咳《せ》き込《こ》んでいた。

「大丈夫《だいじょうぶ》か？　せやから叫《さけ》んだらあかんて……」

「どうして？　どうしてこんなことになったの？　あたしが何かした？　どうして？　助けてくれるっていったよね！　助けてくれるんでしょ！」

嘉神にすがりついた女は、切れ切れの悲鳴をあげながら、泣き始めた。

自分のせいで、周りにいる人間に霊障《れいしょう》が降りかかっていると訴えた時は、冷静に事象を述べていた。

いざ自分に降りかかるとなると、そうそう冷静ではいられないものらしい。

「……真矢ちゃん……。あかんて……。おとなしぃに待ってな……。な？」

必死で宥《なだ》めながら、嘉神は思考を巡らせていた。

今まで、倉本は一度として危ない目に遭《あ》っていない。

ひどく怯《おび》えてはいたが、それは自分の曾祖母《そうそぼ》の霊を見てしまったからだ。

大輔が言うように、単なる自意識過剰とは思わなかったが、何があっても、倉本自身は無事だと、信じていた。

だが、このままでは、間違いなく飢え死にだろう。

わずかに、水差し一杯分の水があるだけで、いくら待っていても、食料など差し入れてもらえそうにない。

白骨で発見されたら、警察やマスコミがどんなストーリーを作り上げるのか考えると、うんざりした。

「どうして？　どうしてこんなことになったの！」

「ごめんなぁ。敵さんの狙《ねら》いは自分やと思うてたんやけど……」

車に乗りあわせていたから、倉本も巻き込まれたのか。

「……ちゃうわな……。自分だけ攫《さら》うんも簡単やもんな……」

最終的なターゲットは倉本だろう。

倉本に恐怖を味わわせるために、周囲から攻めていったに違いない。

ひょっとすると、嘉神は最後の仕上げの相手に選ばれたのだろうか。

「……けどなぁ……。それやと詰めが甘いような……」

倉本の肩を抱いたまま、ぼんやりと視線を彷徨《さまよ》わせていた嘉神は、いきなり耳元で叫《さけ》ばれて、反射的に顔をのけぞらせた。

「助けてぇぇぇ！」

「ま、真矢ちゃん！」

「助けて！　ここよ！　牢屋《ろうや》にいるの！　助けて！」

ひょっとすると、水焔《すいえん》たちが来ているのか。

だが、この結界の中では、嘉神は何も判らないのだ。

「真矢ちゃん、真矢ちゃん……」

「助けて！　ここにいるの！　助けてぇ！」

とたんに、格子《こうし》の向こうが明るくなった。

3

「……時代劇の撮影でもしてたのか？」

大黒柱に使えそうな、太い木材を組んだ、とんでもなくぜいたくな造りの、板張りの座敷牢を眺《なが》めて、大輔《だいすけ》がぼそりと呟《つぶや》いた。

「どうしたんですか？」

嘉神《かがみ》に教わった手順で格子《こうし》を開けた竜憲《りようけん》は、牢《ろう》から出る倉本《くらもと》に手を貸していた。

「なんで判ったん？」

げっそりとした顔で出てきた嘉神は、その場に腰を下ろした。

「呼ばれたんだよ。……事故現場に行ってみたら、いきなり飛ばされて、気がついたらこの裏の池に落ちてたんだ」

「そりゃ、ご苦労様……。たいそうな目に遭《お》うたねぇ……」

他人事のような言いように、大輔は思い切り眉《まゆ》を寄せた。

「そっちは？　車はどこだ？」

「……さぁ。……いきなり道にめり込んで、真っ暗になって……。窓の外に何か見えるな、思て外に出てみたら、ここやってん……」

ひどく要領を得ない言葉だ。

だが、自分たちも、何があったのか説明できないという点では大差はない。

「……結局、一か所に纏《まと》められたってことか？」

「誰が？　俺らを纏めて、敵さんにええこと何かある？」

「ねぇだろうな」

おそらく、嘉神たちを助けるために、誰かに呼びつけられたのだろう。

それが、先程の老人でないことを祈りたい。

「……しっかし、ここの爺《じい》さん、ものすごい趣味だな……」

「爺さんて……。ひょっとして……」

のそりと立ち上がった嘉神は、ふらふらと歩き始めた。

「……そっか師匠《ししょう》、助けてくれたんや……」

なるほど。

ここは嘉神の師匠の家だったらしい。

家に招き入れて、服を乾《かわ》かしてくれたのも、弟子を助けるためだったのだろう。

家じゅうを探しても、老人がいた証拠は、どこにもなかった。

それどころか、埃《ほこり》の溜《た》まった室内に、ガラスの割れた窓という、靴《くつ》を脱ぐのを躊躇《ためら》うような様相だった。

唯一変わらないものといえば、いろりに火が入っていたという点だけだろう。

「乱暴なジジイだな。弟子を助けるためにあんな方法で呼びつけたのか？」

「……そんなこと言ってる暇はなさそうだよ……」

倉本の目を覗《のぞ》きこんだ竜憲は、力ない笑みを浮かべた。

「……すっかり騙《だま》されてた……」

「え？」

「なんやて？」

大輔と嘉神が、竜憲を振り返る。

「……どうしてひいお祖母《ばあ》ちゃんが彼女を守ってないのか、考えるべきだったんだ……」

「なんだと？」

竜憲が何を言おうとしているのか、大輔には判らなかった。

だが、嘉神はすんなり呑《の》み込んだらしい。

「……ほんまや……。なんで気づかんかったんやろ……」

「倉本さん……。ちょっと目を閉じていただけますか……」

「言うこと聞いて……。真矢《まや》ちゃん助けるためなんや……」

竜憲に協力しようとする嘉神。

嘉神に全幅の信頼を置いている倉本。

そして、倉本を助けようとする竜憲。

「見ているだけにすればいいのに……。そうすれば本当の守護霊《しゅごれい》になれましたよ」

ばっ、と、竜憲の手が伸びる。

宙を握りこむ。

「竜憲！　彼女をここへ！　結界があるんや！」

言葉と同時に、竜憲は倉本を突き飛ばした。

座敷牢《ざしきろう》に転がり込んだ倉本を見て、嘉神が一気に格子《こうし》を閉める。

「……これで戻れないだろう。……もう二度と彼女に触れられないよ……」

宙に突き出した拳《こぶし》に向かって、竜憲が呟《つぶや》いた。

「なんなんですか！　どうしてこんな！」

格子の間から手を突き出して、倉本が喚《わめ》く。

その手を摑《つか》んだ嘉神が、格子を背にして竜憲の手を睨《にら》んでいた。

「……ちょっとだけ我慢《がまん》してや。そこが一番安全なんや……。……ええで、竜憲。好きにやってくれ」

「……ありがとうございます」

にっと笑った竜憲は、突き出した拳《こぶし》に視線を据《す》えた。

『あがっ！』

ぼたぼたと、何かが床《ゆか》に滴《したた》り落ちた。

宙に突き出した腕から、黒い液体が垂れる。

「何だ……」

ぎょっとして、大輔は床を見据えた。

黒い液溜まりが、幻《まぼろし》ではないと主張するように、じわりと広がっていく。

「彼女につきまとってたものだよ。ストーカーってヤツ？」

「霊《れい》の？」

「そう。……もともとは人間だったんだと思うよ……。ひょっとしたら、自分が死んだことも気づいていないのかもしれない……」

「ストーカーが死んで、めでたしめでたし、じゃないのか？」

大輔の皮肉な言いように、竜憲は口先で笑った。

「普通だったら、それで終わりのはずなんだけどね。彼女の傍《そば》にいたい。彼女には自分さえいればいい……。彼女を独占したい……。その思いだけは生き残ったみたいだね」

ひゅっと、息を呑《の》んだ倉本が、嘉神の手を強く握った。

どうやら、心当たりはあるようだ。

ストーカー被害がなくなって、ほっとしていたところで、今度は人に理解してもらえない事件が立て続けに起こった、ということなのだろう。

なるほど、それなら自分の周りで、と、倉本が言い出したのも理解できた。

感覚的におかしい、と思ったのだろう。

ストーカーだけでも、警察に捜査してもらうのは難しいのに、そのうえ霊障《れいしょう》が関わってくるとなれば、真剣に話を聞いてくれる人間を探すことだけで、エネルギーを使い果たしてしまうに違いない。

「倉本さんを孤立させる気だったんだろう……」

拳《こぶし》を、固く握る。

『ぎゃっ！』

ばたばたと音を立てて、液体が滴《したた》った。

それでもまだ、正体は現れない。

密かに、溜《た》め息《いき》を吐《つ》いた竜憲は、倉本の手を握っている嘉神に視線を落とした。

「だめみたいだ。……嘉神さん……」

「……判った。……自分はストーカー野郎に邪魔《じゃま》やて認められたゆうことやね。……光栄やねぇ……。真矢ちゃん。これが終わったら、自分とデートしてくれる？」

軽口を叩《たた》きながら、のそりと立ち上がった嘉神は、竜憲の手に手を添《そ》えた。

瞬間。

黒い霧が立ち上った。

床《ゆか》の液体が舞い上がり、人の姿になる。

「キャアァァ!!」

悲鳴。

倉本は、格子《こうし》の向こうの、一番奥まで後退《あとずさ》った。

「うわぁ……。こりゃまた……」

人、だということは判る。

もちろん顔は判らないし、性別も判らなかった。

それでも、威圧感は十分に感じられる。

『邪魔《じゃま》するな!』

わんわんと、声が反響する。

板で囲まれた部屋のせいか、それとも特殊な結界があるせいか。

「……大丈夫《だいじょうぶ》や、竜憲。こいつ、真矢ちゃんのとこへは戻れへんわ……。あの結界は、しっかり生きとぉ……」

嘉神に保証されて、竜憲はゆっくりと手を開いた。

その手から、ぽとっと、黒い塊《かたまり》が落ちる。

凝固した血液。
内臓。
そんなものを連想させる塊《かたまり》は、一旦床《ゆか》に落ちてから、ふわりと舞い上がった。
竜憲の目の前で、忙しく回り始めたそれは、泥汚れを周囲に飛び散らせていた。
やがて、真っ黒だった塊が赤くなる。
と同時に、靄《もや》の人形《ひとがた》に目が現れた。
『どこだ？……逃げてもすぐ見つけてやる……。ふっふっふっふっ……』
竜憲の姿など見えていないのだろう。
きょときょとと落ち着かない目を持った人形は、ゆっくりと首を回した。
昔の、映画で見たような、身体《からだ》は全く動かずに、顔だけが回る魔物。
いや、それとも違う。
一対の目が、顔らしき部分の表面を、ぐるりと回っていた。
「なんだ、こいつ……」
大輔が呻《うめ》く。
「うわっ……キッショー……」
嘉神《さが》の軽口が、上すべりした。
「……捜してみな。彼女は渡さないよ……」

ひどく冷静な声で、竜憲は人形《ひとがた》を挑発した。

『なんだ、お前……』

首が傾《かし》ぐ。

目が、嘉神の前で止まる。

次の瞬間、液体に戻った人形は、べたりと嘉神に貼《は》り付《つ》いた。

「うわぁぁぁ！」

悲鳴をあげる嘉神の身体《からだ》が硬直する。

手足を突っ張らせ、がっちりと固まった身体。

「え？」

「どうして？」

どうしてこんなに簡単に、やられてしまうのか。

竜憲の頭には、そんな疑問しかなかった。

嘉神なら、嘉神ほどの霊能者《れいのうしゃ》なら、この化け物を相手にしても、持ちこたえられるだろうと思った。

向こうが敵と認める者がいない限り、実体を現さないと判っていたので、敢《あ》えて餌《えさ》にしたのだ。

まさか、これほどあっさりと呑《の》み込まれるとは、思ってもみなかった。

「くそっ！　どうしてだ！」

倒れかかる嘉神を、必死で抱き留めた竜憲は、歯を食《く》いしばって罵《ののし》った。

「引《ひ》き剝《は》がせないのか！　このままじゃ、何もできないだろ！」

硬直した腕を捕らえた大輔が、喚《わめ》いた。

「場所が悪いのか……」

「そうかもな。行くぞ！」

腋《わき》の下に腕を突っ込み、硬直した身体《からだ》を引《ひ》き摺《ず》って、部屋を出ようとする。

「待って！　置いていかないで！」

恐怖で、縮こまっていた女が、恐ろしい速さで格子《こうし》まで這《は》ってきた。

「あんたはそこで待ってろ！」

吐き捨てるように命じた大輔は、そのまま部屋を出た。

竜憲も後に続く。

倉本が結界の中にいることは、幸いだった。

嘉神に貼《は》り付《つ》いたものに見つかりさえしなければ、彼女に危険はない。竜憲たちは、化け物だけを相手にすればいいのだ。

今、倉本にまで気を配る自信はなかった。

硬直して、心臓さえ動かなくなった嘉神を取り戻すことを考えるだけで精一杯だ。

「……嘉神さん！　嘉神さん！」

いろりのある部屋まで引《ひ》き摺《ず》ってきた時。

引き戸のガラスが一斉に割れた。

4

目も開けていられないような光を、大輔《だいすけ》は正面から睨《にら》みつけた。

ガラスをぶち破って飛び込んできたものは、ゆっくりと脈動しながら、嘉神《かがみ》の足元にうずくまった。

「火焔《かえん》か？　水焔か？　……お前ら、どこへ行っていたんだ？」

蠱物師《まじものし》が蠱《こ》を連れていなければ、化け物に対抗するのは難しいだろう。

大輔が見知った霊能者《れいのうしゃ》の中では、最上級にランクされる霊能者でも、力の拠《よ》り所《どころ》をなくせば、戦うことなどできるはずもない。

今さらのように、それを思い知った大輔は、光を放つキツネに視線を据《す》えた。

「どうにかしてやれ……。お前らがいないせいでこうなったんだろ？」

「無理だよ、大輔。……火焔たちは弾《はじ》き出されたんだ。嘉神さんに呼ばれない限り戻れないよ……」

もちろん、竜憲《りょうけん》にも、この光の正体が判っていた。

この前とは比べ物にならないほど大きくなっていたが、それでも、これが嘉神が使う蠱《こ》だということは、間違いなさそうだ。

「……どうすればいいんだ？」

「嘉神さんが意識を取り戻すしかないんだけど……」

「それができてりゃ、話は簡単だ！」

ずっしりと重い、腕の中の荷物を、大輔は忌々《いまいま》しげに眺《なが》めた。

見慣れた、嘉神の顔だが、まるで死後硬直でも起こしているかのように、一切動かなかった。

そんなはずはない。

たかが、一分二分では、死体は硬直しない。

理性では判っているのだが、たとえてしまうのは、やはり死体だった。

脈も、呼吸もなく、ただ硬直しているのだから。

「嘉神！　起きろ！」

頭の隅《すみ》を、救急車の中から何度も消えて、最終的に死んでしまったという男のことが過《よぎ》る。

「嘉神！　嘉神！　起きるんだ！」

ゆさゆさと揺する。

だが、嘉神の身体《からだ》は硬直したままだった。

このままでは、嘉神の命もない。

自分たちとは違うのだ。

嘉神の肉体は、ごく普通の人間なのである。

「くそっ！　爺《じい》さん！　あんたの弟子だろう！　助けてやってくれ！」

鳩尾《みぞおち》で手先を合わせて、背後からの心臓マッサージを試みる。

だが、くっきりと筋肉の浮いた胸は、びくともしなかった。

嘉神にそっくりのマネキン人形と思ったほうが、よほど現実に近いだろう。

「どうする？　リョウ……。このままじゃまずいぞ……」

「……うん……」

見れば、竜憲は嘉神の手を握っていた。

ひどく顔色が悪い。

「おい、リョウ！」

ただの人間。

五分も心臓が止まっていれば、社会復帰が難しくなる、脆弱《ぜいじゃく》な存在を、竜憲は必死で支えていた。

「やめろ！　リョウ！」

このままだと、竜憲は自分の命を捨ててまで、嘉神を救おうと、足掻《あが》き続けるだろう。

それだけは、避けたい。

「リョウ！　やめるんだ！」

嘉神の身体《からだ》を投げ棄てる。

「やめろ！」

竜憲の手を剝《は》がそうとする。

だが、竜憲は拒絶した。

「リョウ……」

「だめだ……。嘉神さんが……」

あの靄《もや》に、それほどの力があったのだろうか。

嘉神が標的になると判っていて、手を離してしまったという意識があるからだろう。自分の判断の誤りを、自分で償《つぐな》うというのが、竜憲の考え方だった。

「違うだろう！　お前が死んでどうなる！」

何か方法があるはずだ。

「爺《じい》さん！　助けてくれ！」

火をおこして、来訪者の服を乾《かわ》かすぐらいなら、弟子の命を助けろと言いたい。

だが、そんなことを喚《わめ》いても、解決しないのは明白だった。

「そうだ……あの女……」

女に戻せばいい。

そう思いついて、一歩足を踏み出す。

だが、ぐん、と身体《からだ》が勝手に引っ張られた。

目の隅《すみ》に、剣が見える。

「素戔嗚《すさのお》？」

そうだ。

素戔嗚だ。

彼なら、人間の命と引き換えに、戔須良姫《さすらひめ》の、ひいては竜憲の命を危うくするなどということを許すはずがなかった。

『追い立てろ！』

びりびりと、家が震える。

素戔嗚の怒号は、何者にも逆らわせないだけの迫力があった。

『あれは、日に顔向けできぬものよ！　急げ！　日があるうちに！』

決して小柄ではない男を、竜憲が引っ張ろうとする。

はっと我に返った大輔は、竜憲に代わって嘉神の身体を抱え上げた。

硬直したままの、丸太のような身体を庭に放り投げる。

『ぐっ……』

弱々しく、身体《からだ》が動く。

それで、十分だった。

庭に飛び降りて、嘉神の身体をひっくり返す。

『ぎゃあぁぁぁぁ！』

背中に滲《にじ》む黒い染《し》みが消える。

再び、ひっくり返す。

『ひぃぃぃぃ……』

「げふっ‼」

嘉神の口から血が噴《ふ》き出した。

「大輔！　無茶だ！」

「判ってる！」

だが、これしか方法はない。

再び嘉神の身体をひっくり返した大輔は、同時に、剣を大地に突きたてた。

『ぐげえぇぇぇぇ』

背中から大地に潜り込もうとしていたものが、ひくひくとのたうっている。

「……リョウ！」

蒼《あお》い光が、辺りを包み込んだ。

午後の日差しの中で、なおさら明るく見える光。

七支刀《しちしとう》に縫いとめられた影が、しゅうしゅうと音を立てて縮んでいく。

『ぎゃあぁぁぁ……』

「嘉神さん！」

ばっくりと割れた背中は、嘉神の受けたダメージを物語っていた。

肋骨《ろっこつ》が、外側に向かって弾《はじ》けている。

内臓は無事かもしれないが、命は助からないだろう。

それほどの出血だし、無残な傷だった。

だが、見る間に、骨が反転して、肉の間に潜り込み、ずたずたに裂かれた筋肉が寄り集まっていく。

まくれ上がり、縮んでいた皮膚《ひふ》が、隣《となり》同士で手を繋《つな》ぐように伸びて、筋肉を覆《おお》っていく。

何度見ても、畏敬《いけい》の念さえ覚えるような癒《いや》しの術が、嘉神に使われていた。

「……大丈夫《だいじょうぶ》か？　もう命に別状はないんだろう。無茶はするな……」

言ってもやめない竜憲の肩に手を置く。

いつもなら、軽い貧血のように、一瞬体温が下がるはずだった。

そうやって、大輔の生命力が、竜憲に流れ込むのだ。
だが、今日は何も起こらない。
「……どうしてだ？　嫌《いや》なのか？」
竜憲が拒絶している。
大輔は、そう思った。
しかし次の瞬間、大輔の足は、土の中にのめり込んでいった。

5

「大輔《だいすけ》！」

「離せ！　リョウ！　巻き込まれる！」

ずるずると、土の中に引き込まれていく大輔を、必死で押《お》し止《とど》めようとする。

式神《しきがみ》。

あるいは式王子《しきおうじ》。

それならば、以前、戦ったことがある。

あの時は、五王子《ごおうじ》総《すべ》てが揃《そろ》っていた。

これは土だけだ。

だから、ずっと簡単に勝てるはずだ。

自分に言い聞かせながら、大輔に抱きつく。

「リョウ！　足手纏《あしでまと》いだ！　離せ！」

本当かもしれない。

嘉神《かがみ》を救うために、力を使いすぎた。
このままでは大輔の足手纏《あしでまと》いになるかもしれない。
だが、判っていても、手を離すことはできなかった。
見知らぬ土地へ運ばれたら、二度と捜《さが》し出せないかもしれない。
二人一緒なら、どこへ連れ去られようと、この世界に戻れる自信があった。
離れてはいけない。ばらばらになってはいけない。
その思いだけで、竜憲《りようけん》は大輔にしがみついていた。
身体《からだ》に添《そ》って、さらさらと砂が流れる。
さらさらさらさらと。
大地に呑《の》み込まれたはずなのに、触れる感触は砂だった。
「大輔？　これは……」
「ああ……。何なんだろうな……」
どこかへ運ぼうというのか。
それとも、どこかへ封じようというのか。
さらさらと、身体を撫《な》でていく砂には、敵意などなかった。
ひょっとすると、家まで戻してくれるのかもしれない。
つい、そんなことを考えてしまうほど、穏やかで暖かな空間だった。

違う。
そうではない。
精神で身じろぎしても、眠りに誘うような肉体の快感《かいかん》が、総《すべ》てを等閑《なおざり》にしていった。
「リョウ……」
抱き留める腕。
「……眠い……」
確かな鼓動《こどう》。
重力すらなくなった解放感。
このまま眠ってしまいたい。
「いいんじゃないか？」
含み笑いが、耳元で聞こえる。
肉体を解放する。
肉が大地に溶《と》けた後、精神は解放されて、どこへでも自由に飛んでいけるだろう。
永遠の安寧《あんねい》の中で微睡《まどろ》むのもいい。
ふっと、身体の力を抜く。
解放されたい。
もう、解放されてもいいはずだ。

そんな思いが、湧《わ》き上がってきた。

さらに、身体《からだ》を弛緩《しかん》させる。

精神を捕らえていた肉体の殻《から》が、抜け落ちる。

あと少しで。

「リョウ！　竜憲！」

突然、意識が引き戻された。

「こいつら……。こいつは墓か！」

人の死を柔らかく受け止めてきた大地。

死が先か、安寧《あんねい》が先か。

どちらにしろ結末は同じだと、大地が囁《ささや》いていた。

「畜生《ちくしょう》！　リョウ！」

瞬間、身体を炎《ほのお》が貫《つらぬ》いた。

大輔の怒りが、竜憲を覚醒《かくせい》させる。

「大輔！」

ぎっちりと、抱きつく。

腕が痛みを覚えるほど。息がつまるほど。

そうして、力を解放する。

すべてを呑《の》み込み、総《すべ》てを抱き込む大地。

それを拒絶する。

めりめりと音を立てて、大地が裂けた。

ぱっくりと開いた大地の向こうに、空が見える。

「ふざけるな！」

大地に剣を突き立てた大輔は、そのまま全身から炎を噴《ふ》いた。

大地を割って、マグマが噴出するように、地上に噴き上がる。

「我に逆らうか！　我を捕らえるか！」

これは、大輔だった。

だが、同時に素戔嗚《すさのお》でもあった。

左腕だけで竜憲を抱きかかえ、右腕だけで剣を振るい、大地と渡り合う男。

天空高く噴き上がった炎は、二人をゆっくりと大地に降ろした。

さざ波のように揺れる大地に。

恐れ戦《おのの》いて素戔嗚に平伏した大地は、ゆっくりとその動きを止めていった。

「……化けもんやね……」

ぽつりと、呟《つぶや》いた嘉神の言葉が、心臓に細い刃を突きたてた。

「……降りるぞ。……道に出れば、人もいるだろう」

何事もなかったかのように、大輔が宣《のたま》う。

「待って……。倉本《くらもと》さんを……」

怠《だる》い身体《からだ》を引《ひ》き摺《ず》って、座敷牢《ざしきろう》に向かう。

「ついてこなくてもいいよ……。それより嘉神さんを見ててあげなよ。他にも怪我《けが》があるだろう？」

離れるなどとんでもないと言わんばかりに、大輔はぴたりと竜憲に付き添ってきた。

「死にゃしない」

端的に、自分の関心が何にあるかを告げた大輔をちらっと見上げた竜憲は、格子《こうし》の中を覗《のぞ》きこんだ。

「……え？　……いない……」

扉《とびら》は閉まっている。

とても人間の力では動かすことができないような扉だ。

「……戻したんだろうな……」

ぼそりと、大輔が呟《つぶや》いた。

「え？」

「俺の正体に気づいて、慌《あわ》てたんだろう……」

何が、とは訊《き》きたくもなかった。

もともと化け物じみたところがあると、自覚していた。
だがこれでは、本物の化け物だ。
いみじくも嘉神が言ったように。
「……まぁ、片づいたからいいか……」
なるべく、軽く言う。
そして、大輔の肩を軽く叩《たた》くと、前庭に向かって引き返していった。

終章

「あれ……藤がなくなってる……」

玄関に足を踏み入れたとたんに、竜憲《りようけん》が残念そうに呟《つぶや》く。

「へぇ……今度は芍薬《しやくやく》か」

「あーあ……ようまぁ、そないなトコに目が行くなぁ」

最後に玄関に入ってきた嘉神《かがみ》が、呆《あき》れ顔《がお》でぼやいた。

彼の言い分は判らないでもない。門前に消えた車を見つけるまでは、こんな呑気《のんき》な気分ではなかった。車内に倉本《くらもと》の姿を見つけた時に、ほとんどの緊張感は抜け落ちてしまったのだ。

彼女が記憶を失っているのを幸いに、救急車を呼んで、病院に委《ゆだ》ねてしまったのは大輔《だいすけ》だった。下手《へた》に思い出さないほうが、彼女のためだという理屈は判るとしても、行き倒れ扱いにしたのには驚いたが。

実際、何もなかったことにするほうが、彼女の精神にはいいだろう。

どちらにしろ、大方はこれで片がついたのだから、大輔の機転と評価するしかない。正直なところ、彼女の精神のケアまでは、とても手が回らないというのが、本音だった。

「まあ、礼は言わんとな。……自分はあんな口から出任せ、よう言わんわ」

「つまらない文句言うなら、ついてくるなよ。自分の家に帰れ」

靴《くつ》を脱ぎながら、大輔がひどく不機嫌《ふきげん》に宣告する。

てるし」

「ええ？　ええやんか。足なくなったんやで。……ここんチなら、いつでもドライバーい

「阿呆《あほう》か……お前」

「おお、こわ」

本気で眉《まゆ》を釣り上げた大輔を、嘉神は悪びれた様子もなく笑いながら見上げた。

「あら、お帰りなさい」

誰より呑気《のんき》な声が掛《かか》って、大輔は表情を和らげ、嘉神は厭味《いやみ》な笑みを引っ込める。

「早かったのねぇ。……どうしましょう。晩ご飯の用意してないわ」

さらに真紀子《まきこ》から出てきた言葉は、なお一層緊迫感のないものだった。

「いいですよ。……そんなに腹が減ってるわけでもないし」

大輔が間髪を入れずに答えると、嘉神は玄関先に仁王立ちになった大男を恨《うら》みがましく見上げた。

「自分、昨夜から何も食ってないんよ」

「あらまぁ」

声をあげたと同時に、真紀子は台所のほうに飛んでいく。

どうやら、慌《あわ》てて食事の支度《したく》を始めるらしい。

「図々しい奴だな……」

呆《あき》れ顔《がお》の大輔に、嘉神はにっこりと笑いかけた。

「そんで世の中渡っとるんよ」

そのまま上がり込んだ嘉神が、堂々と真紀子の後を追う。

「どこ行くんだ？」

「面倒かけるんやから、ちょっとでも手伝わんと……」

「本気かよ……」

さすがに、これ以上追う気はないらしく、大輔は応接間のほうに足を向ける。

「ちょっと、嘉神さん」

一瞬迷った揚げ句、嘉神の後を追おうとした竜憲の手を、大輔が摑《つか》んだ。

「お前まで行くことないだろう」

「でも……」

「いいんだよ。好きにさせときゃ」

「だって」

さらに抵抗すると、大輔は一方の眉《まゆ》を聳《そび》やかした。どうやら、本気で不機嫌《ふきげん》らしい。

「なんだよ」

「だから、ほっとけって。……ああいう野郎はな。百ぺん殺したって、ちゃんと生き返るって。台所仕事くらい手伝やいいんだよ。それも、生き延びるための手段なんだから」

竜憲は意味が判らぬまま、大輔の顔をしげしげと見詰め返した。

大輔が大きな溜《た》め息《いき》を吐《つ》く。

「――たとえばな。嘉神がいなくなったっておふくろさんが聞くとするだろう。……まぁ、嘉神さんが？　大丈夫《だいじょうぶ》かしら……。おふくろさんにそう言われたら、お前、真剣に捜《さが》すだろ？」

妙な声音まで交えて熱演する大輔を、竜憲は胡乱《うろん》に眺《なが》めた。

「そりゃ……」

言いたいことはなんとなく判るが、恐ろしく極論のような気がする。

「一時が万事そういう奴《やつ》だ。……何しろ、死んじまった師匠《ししょう》や蠱《こ》まで、そうやって操るんだからな」

「それは……言い過ぎ。……嘉神さんの人柄だよ」

さすがに言い返すと、大輔は意地悪く笑った。

「人柄？　要領がいいだけだ」

「そんなことない。火焔《かえん》も水焔も、嘉神さんのこと大好きだもん」

「おいおい……」

首を竦《すく》めた大輔が、竜憲を応接間に引《ひ》き摺《ず》りこむ。

「なにするんだよ」

「いや、玄関先の立ち話はみっともない」

「なんだかなぁ」

諦《あきら》めた竜憲は、ソファーの長椅子《ながいす》に、だらしなく腰を下ろした。

本当のところ、嘉神を休ませてやりたいだけなのである。おそらく、今回一番ダメージがあったのは嘉神だ。

自分は上手《うま》い具合に、彼の能力を利用したにすぎない。

「でも、嘉神さんて変わってるよね」

「何が？」

「前に鴻《おおとり》さんが言ってたんだ。蠱《こ》っていうのは、鴻さんが使うような式《しき》と違うって。……蠱物師《まじものし》は力が衰えると自分の蠱に殺されることもあるってさ」

「それが？」

「だって火焰や水焰は、嘉神さんを守ろうとしてたじゃないか」

喉《のど》で笑った大輔は、竜憲の正面に音を立てて座り込んだ。

「なに笑ってんだよ」

「いや……あれは、あの爺様《じいさま》が怖かっただけだと思うからさ」

「そうかなぁ。――あのお爺さんは道をつけただけだったよ。火焰と水焰が力を貸したから、嘉神さんはあそこに行けたんだ。……もちろん、俺たちが後を追えたのも、そのおかげだ」

大輔が不服そうに顔を背ける。

反論の言葉がないらしい。

珍《めずら》しく大輔相手に勝った気分になって、竜憲は満足を味わった。

「ありゃ……ここにいたんか」

話題の主が、能天気な顔でやってくる。

「……邪魔《じゃま》やて、追い出されてもうた」

訊《き》いてもいないのに、言い訳をした嘉神が、竜憲の隣《となり》に腰を下ろす。

とたんに、大輔が顔を顰《しか》めた。

「なになに？」

自分が話題だったとは気づいていないのか、好奇心も顕《あらわ》に竜憲と大輔の顔を見比べる。

「別に、お前さんが世界一頑丈《がんじょう》な野郎だって話」

「なによ、それ。世界一は、自分やろ？」

「その元気が余ってんなら。……あんた足がなくて困ってんだろ？　だったら、バイクの情報誌でも買いに行けよ」

「なにィ。追い出すのんか？」

「違いますって……何か大輔、虫の居所が悪くって」

子供の喧嘩《けんか》になりそうな気配に、竜憲が慌《あわ》てて止めに入る。

「ふーん」

意味ありげに笑った嘉神は、のったりとソファーの背に身体《からだ》を預けた。

だが、それも一瞬のことだった。

次の瞬間、竜憲に向き直ると、右手を摑《つか》んだ。

「なんですか？」

その手の中に、キーホルダーが落とされる。

「え？」

竜憲の車の鍵《かぎ》だった。

「なんで？」

そう言えば、車で出かけた先で、あの場所に飛ばされたのである。車は、路上に鍵をつけたまま放置されていたはずだ。

車のことを失念していた自分にも驚いたが、その鍵がここにあるのは、なおのことおかしい。

にやりと笑った嘉神は、面白そうに竜憲の顔を覗《のぞ》き込《こ》んでいる。

「黒ずくめの人が、竜憲に渡せて。……事務所の人ちゃう」

「そんなはず……」

鍵を握りしめ、竜憲は応接室を飛び出した。

事務所の人間は、竜憲がどこに行ったかなど知らないはずだ。誰かが嘉神のバイクのあった場所と予想して、回収に行ってくれたのだろうか。

玄関を出て車庫に走っていくと、自分の愛車がまっすぐに駐車してあった。

竜憲が血相を変えて走ってきたのに気づいたのか、弟子の一人が事務所から顔を出す。

名前も定かではない弟子だった。

「若先生……どうなさいました？」

「え……あ、あの、俺の車、誰が持ってきてくれたの？」

「ああ、確か、森脇《もりわき》さんという方が」

その答えは、ひどく不思議なものだった。

「あの……何か」

「いや……何でもない。——あ、森脇さんはもう帰った？」

「ええ、おそらく」

「ああ、そう。……ありがとう」

男に小さく手を振ると、母屋《おもや》に引き返す。

やはり、不思議だ。

どうして、森脇が竜憲の車を届けてくれたのだろう。

「本人に訊《き》いてみようか」

妥当な案だとは思ったが、何故《なぜ》か気が進まない。

とりあえず、大輔には黙っていようと、竜憲は心に決めた。喋《しゃべ》れば、何故か森脇が嫌《きら》いらしい大輔が要らない事まで悩み出すのは目に見えている。

今は車が帰ってきた不思議は、忘れていることにしよう。ようやく一つが片づいたばかりで、面倒なことに気を揉《も》みたくない。

玄関に足を踏み入れると、応接間から何か言いあう声が聞こえてくる。

「結構、気があってんじゃん……」

小さく息を吐《つ》いた竜憲は、意を決して応接間の扉《とびら》を開けた。

あとがき

毎度……新田一実《にったかずみ》です。いや、毎度じゃない人は、これからよろしくね。……て、何言ってんでしょ……わたくし……。

少し疲れてるかなー。確か、七月頃に、今年の後半はあんまり予定がない、なんてことを書いてたような気がすんだけどな。寝言だったたね。いや、いつも切羽詰《せっぱつ》まってるのは、自分のせいだけどさ。特に私……。このままいくと、愚痴《ぐち》のオンパレードになりそう。三ページ分、愚痴が続くなら、それはそれでいいんだけどね。そんなことない？　まあ、嫌《いや》だろうな。ちょっと、コラムを書く機会があって、そこに変なことばっかし書いてるもんで、なんかあとがきって何書いてたっけ……。いかんなぁ、頭堅《かた》くなっちゃって。

そう言えば、今、朝のニュース番組見ながら、書いてんだけど、つくづく、変な事件が多いなぁ、と。簡単に変だと思うあたり、頭が堅くなってるのか、単に疲れてるのか、ちょっと考えちゃうよなぁ。十年も前に、普通こんなこと起こらんだろう、みたいなつもりで書いた話がホントに起こっちゃったりすると、なんか事実は小説より奇なりなんて言葉を思い出したりして。いやねぇ、これがただのミステリーならいいんだけどさ。完璧《かんぺき》ホラーのつもりで書いてたりしたりしちゃうんだよな。あー、やだやだ。まぁ、変なニュースは置いといて、近頃、腹立つ——あえてムカツクと言うべきか——事件とか記事多いんだよね。それとバッカじゃねーのってやつ。新聞読んだり、テレビ見たりしながら、突っ込み入れるのはいつものことだけど、ここ数か月そんなんばっかりで、ちょっとうんざり。それこそ、てめーら想像力ねーのか⁉　って感じ。人を殺せば殺人罪だぞ。

あ、そうだ。少し前に、スーパーで外国人二人組の両替詐欺《さぎ》の現場に居合わせたんだけど、それに気付いたのがワシらだけでさ。逮捕《たいほ》に協力しちゃったのよ。いや、か弱い私は見てただけですけど。でさ、調書とか取られたのさ。私じゃないのよ。なにしろ、私は見てただけだからさ。そん時の話を帰ってきた相方《あいかた》から聞いて大笑い。

こういうこと書いていいのかな。ま、事実だからいいか。その犯人てトルコの人だったらしいんだけどね。隣《となり》の部屋で取り調べ受けてる犯人が、ワンワンて言うかウォーウォーって言うか、号泣してんだって。そいつは凄《すご》い、大の男がとか思ってたらさ。その日の夜中に、なにかの番組で、トルコを旅する話をやってたのね。で、その中で、あるフレーズが耳に飛び込んできたのよ。

〝世界一涙もろいトルコ人〟

へぇ、世界一涙もろいのか……。なるほど警察に捕まった途端《とたん》に、泣き喚《わめ》くのも変じゃないのか。そう思ったら、妙に納得しちゃってさ。涙もろいと有名ってことは、泣いてたまるかなんて、涙こらえたりしないんだよな、きっと。なるほど、泣き落としも恥《はじ》じゃないんだろうななんてね。なんちゅうか、根性据わってるっていうか。シクシクじゃないとこが凄《すご》いなー。思わず文化の差を感じちゃいました。ちなみに私は、交通違反事故の調書しか取られたことがないけど、隣《となり》近所の取調室で大泣きしてる人は見聞きしたことないな。

なんか、話ずれてる？　いや、これは展開だよね。そういうことにしておこう。

別に私は国粋主義者じゃないし外国人差別をする気もないけどさ。近所の自販機が、ことごとく五百円玉が使えなくなってたり、スーパーのレジに両替お断りなんて貼《は》り紙《がみ》されてると、やっぱ考えちゃうよな。善い人も悪い人も、結局は個人の問題で、外国人だから悪いわけじゃないのは判ってるけど、観光ビザで入国して、期限目一杯両替詐欺《さぎ》と釣り銭詐欺して帰る、とか言われると、何しに来とんじゃ！　って気になるもん。そういう連中が、外国人アレルギーを作りだすのよ。

あれー、変な話になってる？　まっ、いっか。よかねーか。夜中に書いた手紙みたいなことになってそー。て、ことで、そろそろやめよっかな。ちょうど時間……じゃなくて、ページもちょうどだし。なーんてね。

最後まで読んでくださって、どうもありがとう。

新田《にった》一実《かずみ》

新田一実先生の『愚か者の恋』、いかがでしたか？

新田一実先生、イラストの笠井あゆみ先生への、みなさまのお便りをお待ちしております。

新田一実先生へのファンレターのあて先

〒112-8001 東京都文京区音羽2-12-21 講談社 文芸第四「新田一実先生」係

笠井あゆみ先生へのファンレターのあて先

〒112-8001 東京都文京区音羽2-12-21 講談社 文芸第四「笠井あゆみ先生」係

N.D.C.913　264p　15cm

新田一実（にった・かずみ）
里見敦子《さとみあつこ》・後藤恵理子《ごとうえりこ》の二人がかりのペンネーム。双方ともに〝復讐ノート〟のA型。
ドライブやファミコンなど多趣味。最近は、コンサート・フリーク。
著書に〝霊感探偵倶楽部〟シリーズ12作と〝新・霊感探偵倶楽部〟シリーズ12作。そして、〝真〟シリーズも５作目に突入！　ますますパワーアップの予感である。

講談社X文庫

white heart

愚《おろ》か者《もの》の恋《こい》　真《しん》・霊感探偵倶楽部《れいかんたんていくらぶ》

新田一実《にったかずみ》

●

2000年１月５日　第１刷発行

定価はカバーに表示してあります。
発行者——野間佐和子
発行所——株式会社　講談社
東京都文京区音羽2-12-21　〒112-8001
電話　編集部　03-5395-3507
販売部　03-5395-3626
製作部　03-5395-3615
本文印刷—豊国印刷株式会社
製本———株式会社堅省堂
カバー印刷—半七写真印刷工業株式会社
デザイン—山口　馨

落丁本・乱丁本は，小社書籍製作部あてにお送りください。送料小社負担にてお取り替えします。なお，この本についてのお問い合わせは文芸局文芸図書第四出版部あてにお願いいたします。

ISBN4-06-255449-6　（文4）

〈応募の方法〉

○資　格　プロ・アマを問いません。
○内　容　ホワイトハートの読者を対象とした小説で、未発表のもの。
○枚　数　400字詰め原稿用紙で250枚以上、300枚以内。たて書きのこと。ワープロ原稿は、20字×20行、無地用紙に印字。
○締め切り　2000年5月31日（当日消印有効）
○発　表　2000年12月24日発売予定のX文庫ホワイトハート1月新刊全冊ほか。
○あて先　〒112-8001　東京都文京区音羽2-12-21　講談社文芸図書第四出版部　ホワイトハート大賞係

○なお、原稿の1枚めにタイトル、住所、氏名、ペンネーム、年齢、職業（在校名、筆歴など）、電話番号を明記し、2枚め以降に400字詰め原稿用紙で3枚内外のあらすじをつけてください。
　原稿は、かならず、通しのナンバーを入れ、右上をとじるようにお願いいたします。
　また、二作以上応募する場合は、一作ずつ別の封筒に入れてお送りください。
○応募作品は、返却いたしませんので、必要なかたは、コピーをとってからご応募ねがいます。選考についての問い合わせには、応じられません。
○入選作の出版権、映像化権、その他いっさいの権利は、小社が優先権を持ちます。

講談社X文庫ホワイトハート・FT&NEO伝奇小説シリーズ

☆法廷士グラウベン　彩穂ひかる
第6回ホワイトハート大賞《期待賞》受賞作!!　（絵・丹野　忍）

降魔美少年　岡野麻里安
光と闇のサイキック・アクション・ロマン開幕!!　（絵・藤崎一也）

青の十字架　降魔美少年[2]　岡野麻里安
謎の美少年が咲也を狙う理由とは…!?　（絵・藤崎一也）

海の迷宮《ラビリンス》　降魔美少年[3]　岡野麻里安
咲也をめぐり運命の歯車が再び回る!!　（絵・藤崎一也）

カインの末裔　降魔美少年[4]　岡野麻里安
光と闇のサイキック・ロマン第四幕！　（絵・藤崎一也）

審判の門　降魔美少年[5]　岡野麻里安
最後の死闘に挑む咲也と亮の運命は!?　（絵・藤崎一也）

化幻曼陀羅　デーモン・キラー　尾崎朱鷺緒
呪縛の奥院にひそむ真の恐怖とは…!?　（絵・なるしまゆり）

匣《はこ》の中の童子　デーモン・キラー　尾崎朱鷺緒
闇の魔性と少年たちとの熾烈な戦い!!　（絵・なるしまゆり）

石像はささやく　小沢　淳
石像に埋もれた街で、リューとエリーは!?　（絵・中川勝海）

月の影　影の海[上]　十二国記　小野不由美
海に映る月の影に飛びこみ抜け出た異界！　（絵・山田章博）

月の影　影の海[下]　十二国記　小野不由美
私の故国は異界《ここ》——陽子の新たなる旅立ち！　（絵・山田章博）

風の海　迷宮の岸[上]　十二国記　小野不由美
王を選ぶ日が来た——幼き神の獣の逡巡！　（絵・山田章博）

風の海　迷宮の岸[下]　十二国記　小野不由美
幼き神獣——麒麟《きりん》の決断は過《あやま》ちだったのか!?　（絵・山田章博）

東の海神《わだつみ》　西の滄海　十二国記　小野不由美
海のむこうに、幸福の国はあるのだろうか!?　（絵・山田章博）

風の万里　黎明の空[上]　十二国記　小野不由美
三人のむすめが辿る、苦難の旅路の行方は!?　（絵・山田章博）

風の万里　黎明の空[下]　十二国記　小野不由美
慟哭《くるしみ》のなかから旅立つ少女たちの運命は!?　（絵・山田章博）

図《と》南《なん》の翼　十二国記　小野不由美
恭国《きょうこく》を統《す》べるのは私！　珠晶《しゅしょう》、十二歳の決断。　（絵・山田章博）

悪夢の棲む家[上]　ゴースト・ハント　小野不由美
「誰か」が覗《のぞ》いている…不可解な恐怖の真相!!　（絵・小林瑞代）

悪夢の棲む家[下]　ゴースト・ハント　小野不由美
運命の日——過去の惨劇がふたたび始まる!!　（絵・小林瑞代）

過ぎる十七の春　小野不由美
「あの女《ひと》」が迎えにくる…。戦慄の本格ホラー！　（絵・波津《はつ》彬子《あきこ》）

講談社X文庫ホワイトハート・FT&NEO伝奇小説シリーズ

緑の我が家 Home, Green Home 小野不由美
迫る恐怖。それは嫌がらせか？死への誘《いざな》い!?（絵・山内直実）

妖狐の舞う夜 霊鬼綺談 小早川恵美
鬼気の燐光《りんこう》ゆれる、サイキック・ホラー開幕!!（絵・四位広猫）

怨讐の交差点 霊鬼綺談 小早川恵美
思い出せ。残酷で愚かだったお前の過去を。（絵・四位広猫）

封印された夢 霊鬼綺談 小早川恵美
夜ごと、闇の底に恐怖が目覚める！（絵・四位広猫）

冬の緋桜 霊鬼綺談 小早川恵美
赤い桜が咲くと子供が死ぬ…伝説が本当に!?（絵・四位広猫）

殺生石伝説 霊鬼綺談 小早川恵美
高陽を殺す夢を見る勇帆《いさほ》。急展開の第5巻!!（絵・四位広猫）

科戸《しなと》の風 霊鬼綺談 小早川恵美
勇帆と高陽、二人の運命は!? 怒濤の最終巻!!（絵・四位広猫）

闇の降りる庭 駒崎 優
第5回ホワイトハート大賞《佳作》受賞作!!（絵・ほたか乱）

足のない獅子 駒崎 優
中世英国、誰よりも輝く若者がいた…。（絵・岩崎美奈子）

裏切りの聖女 足のない獅子 駒崎 優
中世英国、二人の騎士見習いの冒険譚！（絵・岩崎美奈子）

一角獣は聖夜に眠る 足のない獅子 駒崎 優
皆が待つワイン商を殺したのは誰だ!?（絵・岩崎美奈子）

火蜥蜴《サラマンダー》の生まれる日 足のない獅子 駒崎 優
妖艶な錬金術師の正体を暴け——!!（絵・岩崎美奈子）

水仙の清姫 紗々亜璃須
第6回ホワイトハート大賞優秀賞受賞作！（絵・井上ちよ）

妖精の島 東都幻沫録 高瀬美恵
誰もが彼の中に巣くう闇を見過ごしていた。（絵・RURU）

傀儡覚醒《くぐつかくせい》 鷹野祐希
第6回ホワイトハート大賞《佳作》受賞作!!（絵・九後 虎）

傀儡喪失 鷹野祐希
すれ違う海生《かいせい》と菜樹《なみき》に、五鬼衆の新たな罠が。（絵・九後 虎）

セレーネ・セイレーン とみなが貴和
第5回ホワイトハート大賞《佳作》受賞作!!（絵・楠本祐子）

EDGE《エッジ》 とみなが貴和
私には犯人が見える…天才心理捜査官《プロファイラー》登場！（絵・沖本秀子）

半妖の電夢国 電影戦線1 流 星香
電脳世界のアクション・アドベンチャー開幕!!（絵・片山 愁）

思慕回廊の幻 電影戦線2 流 星香
電夢界の歯車が、再び回りはじめる!!（絵・片山 愁）

☆……今月の新刊

講談社X文庫ホワイトハート・FT&NEO伝奇小説シリーズ

- **優艶の妖鬼姫** 電影戦線3　流　星香
  新たな魔我珠は、入手できるのか…⁉（絵・片山　愁）
- **うたかたの魔郷** 電影戦線4　流　星香
  姫夜叉を追う一行の前に新たな試練が‼（絵・片山　愁）
- **月虹の護法神** 電影戦線5　流　星香
  少年たちの電脳アクション、怒濤の第5弾！（絵・片山　愁）
- **魔界門の羅刹** 電影戦線6　流　星香
  少年たちの電脳アドベンチャー衝撃の最終巻。（絵・片山　愁）
- **電影戦線スピリッツ**　流　星香
  新たなサイバースペースに殴り込みだ！（絵・片山　愁）
- **ゴー・ウエスト** 天竺漫遊記1三蔵法師天竺へ　流　星香
  伝説世界を駆ける中国風冒険活劇開幕‼（絵・北山真理）
- **妖かしの紅い華** 新・霊感探偵倶楽部　新田一実
  学校で起こった怪事件の真相は…⁉（絵・笠井あゆみ）
- **幻惑《まぼろし》の肖像** 新・霊感探偵倶楽部　新田一実
  幽霊屋敷で行方不明になった鴻は…⁉（絵・笠井あゆみ）
- **涯《はて》なき呪詛《すそ》の闇《やみ》** 新・霊感探偵倶楽部　新田一実
  竜憲と大輔を脅かす黒い影の正体は…⁉（絵・笠井あゆみ）
- **死を呼ぶ遊戯《ゲーム》** 新・霊感探偵倶楽部　新田一実
  悲惨な死亡事故の裏に隠れているものは…⁉（絵・笠井あゆみ）
- **修羅の旋律** 新・霊感探偵倶楽部　新田一実
  異常な突然死に立ち会った竜憲と大輔は…⁉（絵・笠井あゆみ）
- **喪神の永き記憶** 新・霊感探偵倶楽部　新田一実
  謎の〝神隠し〟に遭った翔吾の運命は…⁉（絵・笠井あゆみ）
- **不安の立像** 新・霊感探偵倶楽部　新田一実
  花嫁行列の人形は何を訴えているのか⁉（絵・笠井あゆみ）
- **怨《えん》の呪縛《じゅばく》** 新・霊感探偵倶楽部　新田一実
  竜憲にも視《み》えない怨霊の正体とは…⁉（絵・笠井あゆみ）
- **佳人の棲む家** 新・霊感探偵倶楽部　新田一実
  女が継ぐ〝家〟に起こる怪異現象とは…⁉（絵・笠井あゆみ）
- **月下に嗤《わら》う影** 新・霊感探偵倶楽部　新田一実
  嘉神《かがみ》の手にも負えない狼男の正体とは…⁉（絵・笠井あゆみ）
- **黄昏《たそがれ》に鬼が囁く** 新・霊感探偵倶楽部　新田一実
  竜憲の目覚めぬ大道寺家に奇妙な依頼が‼（絵・笠井あゆみ）
- **黄泉からの誘い** 新・霊感探偵倶楽部　新田一実
  妖怪や魔物が跳梁跋扈！　シリーズ第12弾！（絵・笠井あゆみ）
- **見つめる眼** 真・霊感探偵倶楽部　新田一実
  〝真〟シリーズ開始。さらにパワーアップ！（絵・笠井あゆみ）
- **闇より迷い出ずる者** 真・霊感探偵倶楽部　新田一実
  綺麗な男の正体は変質者か、それとも⁉（絵・笠井あゆみ）

☆……今月の新刊

講談社X文庫ホワイトハート・FT&NEO伝奇小説シリーズ

疾走《はし》る影 真・霊感探偵倶楽部　新田一実
暴走する"幽霊自動車"が竜憲&大輔に迫る!（絵・笠井あゆみ）

冷酷な神の恩寵 真・霊感探偵倶楽部　新田一実
人気芸能人の周りで謎の連続死。魔の手が迫る!（絵・笠井あゆみ）

☆**愚か者の恋** 真・霊感探偵倶楽部　新田一実
見知らぬ老婆と背後霊に脅える少女の関係は?（絵・笠井あゆみ）

ムアール宮廷の陰謀 女戦士エフェラ&ジリオラ1　ひかわ玲子
二人の少女の出会いが帝国の運命を変えた!（絵・米田仁士）

グラフトンの三つの流星 女戦士エフェラ&ジリオラ2　ひかわ玲子
興亡に巻きこまれた、三つ子兄妹の運命は!?（絵・米田仁士）

妖精界の秘宝 女戦士エフェラ&ジリオラ3　ひかわ玲子
ジリオラとヴァンサン公子の体が入れ替わる!?（絵・米田仁士）

紫の大陸ザーン上 女戦士エフェラ&ジリオラ4　ひかわ玲子
大海原を舞台に、女戦士の剣が一閃する!!（絵・米田仁士）

紫の大陸ザーン下 女戦士エフェラ&ジリオラ5　ひかわ玲子
空飛ぶ絨緞に乗って辿り着いたところは…!?（絵・米田仁士）

オカレスク大帝の夢 女戦士エフェラ&ジリオラ6　ひかわ玲子
ジリオラが、ついにムアール帝国皇帝に即位!?（絵・米田仁士）

天命の邂逅 女戦士エフェラ&ジリオラ7　ひかわ玲子
双子星として生まれた二人に、別離のときが!?（絵・米田仁士）

星の行方 女戦士エフェラ&ジリオラ8　ひかわ玲子
感動のシリーズ完結編! 改題・加筆で登場。（絵・米田仁士）

グラヴィスの封印 真ハラーマ戦記1　ひかわ玲子
ムアール辺境の地に怪事件が巻き起こる!!（絵・由羅カイリ）

黒銀の月乙女 真ハラーマ戦記2　ひかわ玲子
帝都の祝祭から戻った二人に新たな災厄が!?（絵・由羅カイリ）

漆黒の美神 真ハラーマ戦記3　ひかわ玲子
〈闇〉に取り込まれたルファーンたちに光は!?（絵・由羅カイリ）

青い髪のシリーン上　ひかわ玲子
狂王に捕らわれたシリーン少年の運命は!?（絵・有栖川るい）

青い髪のシリーン下　ひかわ玲子
シリーンは、母との再会が果たせるのか!?（絵・有栖川るい）

人買奇談　榧《ふし》野《の》道流《みちる》
話題のネオ・オカルト・ノヴェル開幕!!（絵・あかま日砂紀）

泣赤子奇談　榧野道流
姿の見えぬ赤ん坊の泣き声は、何の意味!?（絵・あかま日砂紀）

八《や》咫烏《たがらす》奇談　榧野道流
黒い鳥の狂い羽ばたく、忌まわしき夜。（絵・あかま日砂紀）

倫敦《ロンドン》奇談　榧野道流
美代子に請われ、倫敦を訪れた森と敏生は…!?（絵・あかま日砂紀）

☆……今月の新刊

ホワイトハート最新刊

愚か者の恋　真・霊感探偵倶楽部
新田一実　●イラスト／笠井あゆみ
見知らぬ老婆と背後霊に脅える少女の関係は？

法廷士グラウベン
彩《あや》穂《ほ》ひかる　●イラスト／丹野　忍
第6回ホワイトハート大賞《期待賞》受賞作!!

危ない朝　ミス・キャスト
伊郷ルウ　●イラスト／桜城やや
嫌がることはしないって言ったじゃないか！

恋のリスクは犯せない　アナリストの憂鬱
井村仁美　●イラスト／如月弘鷹
ほかのことなど、考えられなくしてやるよ。

ホワイトハート・来月の予定

キスの欠片 ……………………和泉 桂
豊穣の角……………………駒崎 優
睡姫の翳 …………………高瀬美恵
アレクサンドロス伝奇 6 …榛名しおり
諒闇《りょうあん》無《む》明《みょう》 …………………宮乃崎桜子
※予定の作家、書名は変更になる場合があります。